信使

刘慈欣◎著

MESSENGER

中国工人出版社

目　录

信使

老人是昨天才发现楼下那个听众的。这些天他的心情很不好，除了拉琴，很少向窗外看。他想用窗帘和音乐把自己同外部世界隔开，但做不到。早年，在大西洋的那一边，当他在狭窄的阁楼上摇着婴儿车，在专利局喧闹的办公室中翻着那些枯燥的专利申请书时，他的思想却是沉浸在另一个美妙的世界，在那个世界中，他以光速奔跑……现在，普林斯顿是一个幽静的小城，早年的超脱却离他而去，外部世界在时时困扰着他。有两件事使他不安：其中一件是量子理论。这个由普朗克开始、现在为许多年轻的物理学家所热衷的东西，让他觉得很不舒服。他不喜欢那个理论中的不确定性。“上帝不掷骰子。”他最近常常自言自语。而他后半生所致力的统一场论却没有什么进展，他所构筑的理论只有数学内容而缺少物理内容。另一件事是原子弹。广岛和长崎的事已过去很长时间了，甚至战争也过去很长时间了，但他的痛苦在这之前只是麻木的伤口，现在才痛起来。那只是一个很小的、很简单的公式，只是说明了质量和能量的关系，事实上，在费米的反应堆建成之前，他自己也认为人类在原子级别把质量转化为能量是异想天开……海伦·杜卡斯最近常这么安慰他。但她不知道，老人并不是在想自己的功过荣辱，他的忧虑要深远得多。最近的睡梦中，他常常听到一种可怕的声音，像洪水，像火山，终于有一夜他被这声音从梦中惊醒，发现那不过是门廊中一只小狗的鼾声。以后，那声音再没在他梦中出现。他又梦见了一片荒原，上面有被残阳映照着的残雪。他试图跑出这荒原，但它太大了，无边无际。后来他看到了海，残阳中呈血色的海，才明白整个世界都是盖着残雪的荒原……他再次从梦中惊醒。这时，一个问题像退潮时黑色的礁石一样突然出现在他的脑海中：人类还有未来吗？这问题像烈火一样煎熬着他，他已几乎无法忍受了。

楼下的那人是个年轻人，穿着现在很流行的尼龙夹克。老人一眼就看出他是在听他的音乐。后来的三天，每当老人在傍晚开始拉琴时，那人总是准时到来。他静静地站在普林斯顿渐渐消失的晚霞中，一直到夜里九点左右老人放下琴要休息时，他才慢慢地离去。这人可能是普林斯顿大学的一个学生，也许听过老人的讲课或某次演讲。老人早已厌倦了从国王到家庭主妇的数不清的崇拜者，但楼下这个陌生的知音却给了他一种安慰。

第四天傍晚，老人的琴声刚刚响起，外面就下起雨来。从窗口看下去，年轻人站到了这里唯一能避雨的一棵梧桐树下。后来雨大了，那棵在秋天已很稀疏的树挡不住雨了。老人停下了琴，想让他早些走，但年轻人似乎知道这不是音乐结束的时间，仍一动不动地站在那儿，浸透了雨水的夹克在路灯下发亮。老人放下提琴，迈着不灵便的步子走下楼，穿过雨雾走到年轻人面前。

“你如果，哦，喜欢听，就到楼上去听吧。”

没等年轻人回答，老人转身走回去。年轻人呆呆地站在那儿，双眼望着无限远处，仿佛刚才发生的是一场梦。后来，音乐又在楼上响了起来，年轻人慢慢转过身，恍惚地走进门，走上楼去，好像被那乐声牵着魂一样。楼上老人房间的门半开着，他走了进去。老人面对着窗外的雨夜拉琴，没有回头，但感觉到了年轻人的到来。对于如此迷恋自己琴声的这个人，老人心中有一丝歉意。他拉得不好，特别是今天这首他最喜欢的莫扎特的回旋曲，拉得常常走调，有时，他忘记了一个段落，就用自己的想象来补上。还有那把价格低廉的小提琴，很旧了，音也不准。但年轻人在静静聆听，他们很快就沉浸在这不完美但充满想象力的琴声中。

这是20世纪中叶一个普通的夜晚，这时，东西方的铁幕已经落下，在刚刚出现的核阴影下，人类的未来就像这秋天的夜雨一样阴暗而迷蒙。就在这夜、这雨中，莫扎特的回旋曲从普林斯顿这座小楼的窗口飘出……

时间过得似乎比往常快，又到九点了。老人停下了琴，想起了那个年轻人，抬头见他正向自己鞠躬，然后转身向门口走去。

“哦，你明天还来听吧?”老人说。

年轻人站住，但没有转身，“不了，教授，您明天有客人。”他拉开门，又像想起了什么，“哦对，客人八点十分就会走的，那时您还拉琴吗?”

老人点点头。并没有仔细领会这话的含义。

“好，那我还会来的，谢谢。”

第二天雨没停，但晚上真有客人来，是以色列大使。老人一直在祝福那个遥远的新生的自己民族的国家，并用出卖手稿的钱支援过它。但这次大使带来的请求让他哭笑不得，他们想让他担任以色列总统！他坚决拒绝了。他送大使到外面的雨中，大使上车前掏出怀表看，路灯下老人看到表上的时间是八点十分。他突然想起了什么。

“您，哦，您来的事情还有人知道吗？”他问大使。

“请放心教授，这是严格保密的，没有任何人知道。”

也许那个年轻人知道，老人又问了一个很奇怪的问题：“那么，您来之前就打算八点十分离开吗？”

“嗯……不，我想同您谈很长时间的，但既然您拒绝了，我就不想再打扰了，我们都会理解的，教授。”

老人困惑地回到楼上，但当他拿起小提琴时，就把这困惑忘记了。琴声刚刚响起，年轻人就出现了。

十点钟，两个人的音乐会结束了。老人又对将要离去的年轻人说了昨天的话：“你明天还来听吧？”他想了想又说：“我觉得这很好。”

“不，明天我还在下面听。”

“明天好像还会下雨，这是连雨天。”

“是的，明天会下雨，但在您拉琴的时候不下；后来还会下一天，您拉琴时也下，我会上来听；雨一直要下到大后天上午十一点才会停。”

老人笑了，觉得年轻人很幽默，但看着他离去的背影，老人突然预感到这未必是幽默。

老人的预感是对的。以后的天气精确地证实着年轻人的预言：第二天晚上没雨，他在楼下听琴；第三天外面下雨，他上来听；普林斯顿的雨准确地在第四天的上午十一点停了。

雨后初晴的这天晚上，年轻人却没有在楼下听琴，他来到老人的房间里，拿着一把小提琴。他没说什么，用双手把琴递给老人。

“不，不，我用不着别的琴了。”老人摆摆手说。有很多人送给他小提琴，其中有很名贵的意大利著名制琴师的制品，他都谢绝了，认为自己的技巧配不上那么好的琴。

“这是借给您的，过一段时间您再还给我。对不起，教授，我只能借给您。”

老人接过琴来，这是一把看上去很普通的小提琴，没有弦！再仔细一看，弦是有的，但是极细，如蛛丝一般。老人不敢把手指按到弦上，那蛛丝似乎一口气就可吹断。他抬头看了看年轻人，后者微笑着向他点点头，于是他轻轻地把手指按到弦上，弦没断，但他的手指却感到了那极细的蛛丝所不可能具有的强劲的张力。他把弓放上去，就是放弓时这不经意的一点儿滑动，那弦便发出了它的声音。这时，老人知道了什么叫天籁之音！

那是太阳的声音，那是声音的太阳！

老人拉起了回旋曲，立刻把自己融入了无边的宇宙。他看到光波在太空中行进，慢得像晨风吹动的薄雾；无限宽广的时空薄膜在引力的巨浪中轻柔地波动着，浮在膜上的无数颗恒星如晶莹的露珠；能量之风浩荡吹过，在时空之膜上激起梦幻般的霓光……

当老人从这神奇的音乐中醒来时，年轻人不知什么时候已经走了。

以后，老人被那把小提琴迷住了，每天都拉琴到深夜。杜卡斯和医生都劝他注意身体，但他们也知道，每当琴声响起时，老人就感到一种从未有过的生命活力在血管中涌动。

年轻人却再也没来。

这样过了10多天，老人的琴突然拉得少了起来，而且有时又拉起了他原来那把旧提琴。这是因为他突然产生了一种忧虑，怕过多的演奏会磨断那蛛丝般的弦。但那把琴所发出的声音的魔力让他无法抗拒，特别是想到年轻人在某一天还会来要回那把琴，他又像开始时那样整夜地拉那把琴了。每天深夜，当他依依不舍地停止演奏时，总要细细地察看琴弦，他老眼昏花，就让杜卡斯找了一个放大镜，而放大镜下的琴弦竟丝毫没有磨损的痕迹，它的表面如宝石一样光滑晶莹，在黑暗中，还会发出蓝色的荧光。

这样又过了10多天。

这天深夜，入睡前，老人像往常那样最后看了看那把琴，突然发现琴弦有些异样。他拿起放大镜仔细察看，肯定了自己的判断。其实这迹象在几天前就出现了，只是到了现在，它才明显到能让人轻易察觉的程度。

琴弦越磨越粗。

第二天晚上，当老人刚把弓放到琴弦上时，年轻人突然出现了。

“你来要琴吗?”老人不安地问。

年轻人点点头。

“哦……如果能把它送给我的话……”

“绝对不行，真对不起，教授，绝对不行。我不能在现在留下任何东西。”

老人沉思起来，他有些明白了。双手托起那把琴，他问：“那么这个，不是现在的东西了?”

年轻人点点头。他现在站在窗前，窗外，银河横贯长空，群星灿烂，在这壮丽的背景前，他呈现出一个黑色的剪影。

老人现在明白了更多的事。他想起了年轻人神奇的预测能力，其实很简单，他不是在预测，是在回忆。

“我是信使，我们的时代不想看到您太忧虑，所以派我来。”

“那么你给我带来了什么呢，这把琴吗?”老人并没有表现出任何惊奇。在他的一生中，整个宇宙对他就是一个大惊奇，正因为如此，他才超越别人之上，首先窥见了它最深的奥秘。

“不是的，这把琴只是一个证明，证明我来自未来。”

“怎么证明呢？”

“在您的时代，人们能够把质量转化为能量：原子弹，还有很快将出现的核聚变炸弹。在我们的时代，已可以把能量转化成质量，您看，”他指着那把提琴的琴弦，“它变粗了，所增加的质量是由您拉琴时产生的声波能量转化的。”

老人仍然困惑地摇摇头。

“我知道，这两件事不符合您的理论：一，我不可能逆时间而行；二，按照您的公式，要增加琴弦上已增加的那么多的质量，需要大得多的能量。”

老人沉默了一会儿，宽容地笑了，“哦，理论是灰色的，”他微微叹息，“我的生命之树也是灰色的了。好吧，孩子，你给我带来了什么信息？”

“两个信息。”

“那么第一？”

“人类有未来。”

老人宽慰地仰躺到扶手椅上，像每一个了却了人生最后夙愿的老者一样，一种舒适感涌遍了全身，他可以真正休息了。“孩子，见到你我就应该知道这一点的。”

“投在日本的两颗原子弹是人类最后两颗用于实战的核弹。20 世纪 90 年代末，大部分国家签署了禁止核试验和防止核扩散国际公约，又过了五十年，人类的最后一颗核弹被销毁。我是在那 200 年后出生的。”

年轻人拿起了那把他要收回的小提琴：“我该走了，为了听您的音乐，我已耽误了很多行程，我还要去三个时代，见五个人，其中有统一场论的创立者，那是距您百年以后的事了。”

他没说的还有：他在每个时代拜见伟人都选在其不久于人世的时候，这样可把对未来的影响减到最小。

“还有你带来的第二条信息呢？”

年轻人已拉开房门，他转过身来微笑着，似乎带着歉意。

“教授，上帝确实掷骰子。”

老人从窗口看着年轻人走到楼下，已是深夜，街上没什么人。年轻人开始脱下衣服，他也不想带走这个时代的东西。他的紧身内衣在夜色中发着荧光，那显然是他的时代的衣服。他没有像老人想象的那样化作一道白光离去，而是沿一条斜线急速向上升去。几秒钟后，他就消失在群星灿烂的夜空之中。他上升的速度很恒定，没有加速过程。很明显，不是他在上升，而是地球在转动，他是绝对静止的，至少在这个时空中是绝对静止的。老人猜测，他可能使自己处于一个绝对时空坐标的原点，他站在时间长河的河岸上，看着时间急流滚滚而过，愿意的话，他可以走到上下游的任何一处。

爱因斯坦默默站了一会儿，慢慢地转身，又拿起了他那把旧小提琴。

坍缩

坍缩将在凌晨 1 时 24 分 17 秒发生。

对坍缩的观测将在国家天文台最大的观测厅进行，这个观测厅接收在同步轨道上运行的太空望远镜发回的图像，并把它投射到一面面积有一个篮球场大小的巨型屏幕上。现在，屏幕上还是空白。到场的人并不多，但都是理论物理学、天体物理学和宇宙学的权威，对即将到来的这一时刻，他们是这个世界上少数真正能理解其含义的人。此时他们静静地坐着，等着那一时刻，就像刚刚用泥土做成的亚当、夏娃等着上帝那一口生命之气一样。只有天文台的台长在焦躁地来回踱着步。巨型屏幕出了故障，而负责维修的工程师到现在还没来，如果她来不了的话，来自太空望远镜的图像就只能在小屏幕上显示，那这一伟大时刻的气氛就差多了。

丁仪教授走进了大厅。

科学家们都提前变活了，他们一起站了起来。除了半径200光年的宇宙，能让他们感到敬畏的就是这个人了。

丁仪同往常一样的目空一切，没有同任何人打招呼，也没有坐到那把为他准备的大而舒适的椅子上去，而是信步走到大厅的一角，欣赏起那里放在玻璃柜中的一个大陶土盘来。这个陶土盘是天文台的镇台之宝，是价值连城的西周时代的文物，上面刻着几千年前已化为尘土的肉眼可见的夏夜星图。这个陶土盘经历了沧海桑田的漫长岁月已到了崩散的边缘，上面的星图模糊不清，但大厅外面的星空却丝毫没变。

丁仪掏出一个大烟斗，向一个上衣口袋里挖了一下，就挖出了满满一斗烟丝，然后旁若无人地点上烟斗抽了起来。大家都很惊诧，因为他有严重的气管炎，以前是不抽烟的，别人也不敢在他面前抽烟。再说，观测大厅里严禁吸烟，而那个大烟斗产生的烟比十支香烟都多。

但，丁教授是有资格做任何事情的。他创立了“统一场论”，实现了爱因斯坦的梦。他的理论对宇宙大尺度空间所做的一系列预言都得到了实际观测的精确证实。后来，使用“统一场论”的数学模型，上百台巨型计算机不间断地运行了三年，得出了令人难以置信的结论：已膨胀了200亿年的宇宙将在两年后转为坍缩。

现在，这两年时间只剩不到一个小时了。白色的烟雾在丁仪的头上聚集盘旋，形成梦幻般的图案，仿佛是他那不可思议的思想从大脑中飘出……

台长小心翼翼地走到丁仪身边，说：“丁老，今天省长要来，请到他不容易，请您一定对省长施加一些影响，让他给我们多少拨一些钱。本来不该用这些事使您分心的，但台里的经费状况已到了山穷水尽的地步，国家今年不可能再给钱，只能向省里要了。我们是国内主要的宇宙学观测基地，可您看我们到了什么地步，连射电望远镜的电费都拿不出，现在，我们已经开始打它的主意了，”台长指了指丁仪正欣赏的古老的星图盘，“要不是有文物法，我们早就卖掉它了！”

这时，省长同两名随行人员一起走进了大厅，他们的脸上带着忙碌的疲惫，把一缕尘世的气息带进这超脱的地方。“对不起，哦，丁老您好，大家好，对不起，来晚了。今天是连续暴雨后的第一个晴天，洪水形势很紧张，长江已接近1998年的最高水位了。”

台长激动地说了许多欢迎的话，然后把省长领到丁仪面前：“下面请丁老为您介绍一下宇宙坍缩的概念……”他同时向丁仪递了个眼色。

“这样好不好，我先说说自己对这个概念的理解，然后请丁老和各位科学家指正。首先，哈勃发现了宇宙的红移现象，是哪一年我记不清了。我们所能观测到的所有星系的光谱都向红端移动，根据开普勒效应，这显示所有的星系都在离我们远去。由以上现象我们可以得出结论：宇宙在膨胀之中。由此又得出结论：宇宙是在200亿年前的一次大爆炸中诞生的。如果宇宙的总质量小于某一数值，宇宙将永远膨胀下去；如果总质量大于某一数值，则万有引力将逐渐使膨胀减速，最后使其停止，之后，宇宙将在引力作用下走向坍缩。以前宇宙中所能观测到的物质总量使人们倾向于第一个结论，但后来发现中微子具有质量，并且在宇宙中发现了大量的以前没有观测到的暗物质，这使宇宙的总质量大大增加，使人们又转向了后一个结论，认为宇宙的膨胀速度将逐渐减慢，最后转为坍缩。宇宙中的所有星系将向一个引力中心聚集，这时，同样由于开普勒效应，在我们眼中所有星系的光谱将向蓝端移动，即蓝移。现在，丁老的统一场论计算出了宇宙由膨胀转为坍缩的精确时间。”

“精彩!”台长恭维地拍了几下手，“像您这样对基础科学有如此了解的领导是不多的，我想，丁老也是这么认为的。”他又向丁仪使了个眼色。

“他说的基本正确。”丁仪慢慢地把烟灰磕到干净的地毯上。

“对，对，如果丁老都这么认为……”台长高兴得眉飞色舞。

“正确到足以显示他的肤浅。”丁仪又从上衣口袋挖出一斗烟丝。

台长的表情凝固了，科学家们那边传来了低低的几声笑。

省长很宽容地笑了笑：“我也是学物理专业的，但这30年，我都差不多忘光了，同在场的各位相比，我的物理学和宇宙学知识，怕是连肤浅都达不到。唉，我现只记得牛顿三定律了。”

“但离理解它还差得很远。”丁仪点上了新装的烟丝。

台长哭笑不得地摇摇头。

“丁老，我们生活在两个完全不同的世界里。”省长感慨地说，“我的世界是一个现实的、无诗意的、烦琐的世界，我们整天像蚂蚁一样忙碌，目光也像蚂蚁一样受到局限。有时深夜从办公室里出来，抬头看看星空，已是难得的奢侈了。您的世界充满着空灵与玄妙，您的思想跨越上百光年的空间和上百亿年的时间，地球对于您只是宇宙中的一粒灰尘，现世对于您只是永恒中短得无法测量的一瞬，整个宇宙似乎都是为了满足您的好奇心而存在的。说句真心话，丁老，我真有些嫉妒您。我年轻时做过那样的梦，但进入您的世界太难了。”

“但今天晚上并不难，您至少可以在丁老的世界中待一会儿，一起目睹这个世界最伟大的瞬间。”台长说。

“我没有这么幸运。各位，很对不起，长江大堤已出现多处险情，我得马上赶到防总去。在走之前，我还有个问题想请教丁老，这些问题在您看来可能幼稚可笑，但我苦想了很长时间也没有弄明白。我的问题是，坍缩的标志是宇宙由红移转为蓝移，我们将看到所有星系的光谱同时向蓝端移动。但目前能观测到的最远的星系距我们200亿光年，按您的计算，宇宙将在同一时刻坍缩，那样的话，我们要过200亿年才能看到这些星系的蓝移出现。即使最近的半人马座，也要在四年之后才能看到它的蓝移。”

丁仪缓缓地吐出一口烟雾，那烟雾在空中飘浮，像微缩的旋涡星系。“很好，能看到这一点，使您有点儿像一个物理系的学生了，尽管仍是一个肤浅的学生。是的，我们将同时看到宇宙中所有星系光谱的蓝移，而不是在从4年到200亿年的时间上依次看到。这源于宇宙大尺度范围内的量子效应，它的数学模型很复杂，是物理学和宇宙学中最难表述的概念，没有希望使您理解。但由此您已得到第一个启示，它提醒您，宇宙坍缩产生的效应远比人们想象的复杂。您还有问题吗？哦，您没有必要马上走，您要去处理的事情并不像您想象的那样紧迫。”

“同您的整个宇宙相比，长江的洪水当然微不足道了。但丁老，神秘的宇宙固然令人神往，现实生活也还是要过的。我真的该走了，谢谢丁老的教诲，祝各位今晚看到你们想看的。”

“您不明白我的意思，”丁仪说，“现在长江大堤上一定有很多人在抗洪。”

“但我有我的责任，丁老，我必须回去。”

“您还是不明白我的意思，我是说大堤上的人们一定很累了，你可以让他们也离开。”

所有的人都惊呆了。

“什么……离开?! 干什么，看宇宙坍缩吗?”

“如果他们对此不感兴趣，可以回家睡觉。”

“丁老，您真会开玩笑!”

“我是认真的，他们干的事已没有意义。”

“为什么?”

“因为坍缩。”

沉默了好长时间，省长指了指大厅一角陈列的那个古老的星图盘说：“丁老，宇宙一直在膨胀，但从上古时代到今天，我们所看到的宇宙没有什么变化。坍缩也一样，人类的时空同宇宙时空相比，渺小到可以忽略不计，除了纯理论的意义外，我不认为坍缩会对人类生活产生任何影响。甚至，我们可能在一亿年之后都不会观测到坍缩使星系产生的微小位移，如果那时还有我们的话。”

“15亿年，”丁仪说，“如果用我们目前最精密的仪器，15亿年后我们才能观测到这种位移，但那时太阳早已熄灭，大概没有我们了。”

“而宇宙完全坍缩要200亿年，所以，人类是宇宙这棵大树上的一滴小露珠，在它短暂的寿命中，是绝对感觉不到大树的成长的。您总不至于同意互联网上那些可笑的谣言，说地球会被坍缩挤扁吧！”

这时，一位年轻姑娘走了进来，她脸色苍白，目光黯淡，她就是负责巨型显示屏的工程师。

“小张，你也太不像话了！你知道这是什么时候吗?!”台长气急败坏地冲她喊道。

“我父亲刚在医院去世。”

台长的怒气立刻消失了：“真对不起，我不知道，可你看……”

工程师没再说什么，只是默默地走到大屏幕的控制计算机前，开始埋头检查故障。丁仪叼着烟斗慢慢走了过去。

“哦，姑娘，如果你真正了解宇宙坍缩的含义，你父亲的死就不会让你这么悲伤了。”

丁仪的话激怒了在场的所有人，工程师猛地站起来，她苍白的脸由于愤怒而涨红，双眼充满泪水。

“您不是这个世界上的人！也许，同您的宇宙相比，父亲不算什么，但父亲对我重要，对我们这些普通人重要！而您的坍缩，那不过是夜空中那弱得不能再弱的光线频率的一点点变化而已，这变化，甚至那光线，如果不是由精密仪器放大上万倍，谁都看不到！坍缩是什么？对普通人来说什么都不是！宇宙膨胀或坍缩，对我们有什么区别?！但父亲对我们是重要的，您明白吗?!”

当工程师意识到自己是在向谁发火时，她克制了自己，转身继续她的工作。

丁仪叹息着摇摇头，对省长说：“是的，如您所说，两个世界。我们的世界，”他挥手把自己与那一群物理学家和宇宙学家划到一个圈里，然后指指物理学家们，“小的尺度是亿亿分之一毫米，”又指指宇宙学家们，“大的尺度是百亿光年。这是一个只能用想象来把握的世界；而你们的世界，有长江的洪水，有紧张的预算，有逝去的和还活着的父亲……一个实实在在的世界。但可悲的是，人们总要把这两个世界分开。”

“可您看到它们是分开的。”省长说。

“不！基本粒子虽小，却组成了我们；宇宙虽大，我们身在其中。微观世界和宏观世界的每一个变化都牵动着我们的一切。”

“可即将发生的宇宙坍缩牵动着我们的什么吗？”

丁仪突然大笑起来，这笑除了神经质外，还包含着一种神秘的东西，让人毛骨悚然。

“好吧，物理系的学生，请背诵你所记住的时间、空间和物质的关系。”

省长像一个小学生那样顺从地背了起来：“由相对论和量子力学所构成的现代物理学已证明，时间和空间不能离开物质而独立存在，没有绝对时空，时间、空间和物质世界是融为一体的。”

“很好，但有谁真正理解呢？您吗？”丁仪问省长，然后转向台长，“您吗？”转向埋头工作的工程师，“您吗？”又转向大厅中的其他的技术人员，“你们吗？”最后转向科学家们，“甚至你们?！不，你们都不理解。你们仍按绝对时空来思考宇宙，就像脚踏大地一样自然，绝对时空就是你们思想的大地，离开它你们对一切都无从把握。谈到宇宙的膨胀和坍缩，你们认为那只是太空中的星系在绝对的时间、空间中散开和汇聚。”他说着，踱到那个玻璃陈列柜前，伸手打开柜门，把那个珍贵的星图盘拿了出来，放在手上抚摸着、欣赏着。台长万分担心地抬起两只手在星图盘下护着，这件宝物放在那儿20多年，还没有人敢动一下。台长焦急地等着丁仪把星图盘放回原位，但他没有，而是一抬手，把星图盘扔了出去！

价值连城的古老珍宝，在地毯上碎成了无数陶土块。

空气凝固了，大家呆若木鸡。只有丁仪还在悠然地踱着步，是这僵住的世界中唯一活动的因素，他的话音仍不间断地响着。

“时空和物质是不可分的，宇宙的膨胀和坍缩包括整个时空，是的，朋友们，包括整个时间和空间！”

又响起了一声破裂声，这是一只玻璃水杯从一名物理学家手中掉下去所发出的声音。引起他震惊的原因同其他人不一样，不是星图盘，而是丁仪话中的含义。

“您是说……”一名宇宙学家死死地盯住丁仪，话卡在喉咙里说不出来。

“是的。”丁仪点点头，然后对省长说，“他们明白了。”

“那么，这就是统一场数学模型的计算结果中那个负时间参量的含义?!”一名物理学家恍然大悟地说。丁仪点点头。

“为什么不早些把它公布于世?!您太不负责任了！”另一名物理学家愤怒地说。

“有什么用？只能引起全世界范围的混乱，对时空，我们能做些什么?”

“你们都在说些什么?!”省长一头雾水地问。

“坍缩……”台长，同时是一名天体物理学家，做梦似的喃喃地说。

“宇宙坍缩会对人类产生影响，是吗?”

“影响? 不，它将改变一切。”

“能改变什么呢?”

科学家们都在匆匆地整理着自己的思绪，没人回答他。

“你们就告诉我，坍缩时，或宇宙蓝移开始时，会发生什么?”省长焦急地问。

“时间将反演。”丁仪回答。

“……反演?”省长迷惑地望望台长，又望望丁仪。

“时光倒流。”台长简短地解释。

这时巨型屏幕修好了，壮丽的宇宙出现在大家面前。为了使坍缩的出现更为直观，太空望远镜发回的图像由计算机进行变频处理，并对频率变化所产生的色彩效应进行了视觉上的夸张。现在所有的恒星和星系发出的光在大屏幕上都呈红色，象征着目前膨胀中宇宙的红移。当坍缩开始时，它们将同时变为蓝色。屏幕的一角显示出蓝移出现的倒计时：150 秒。

“我们的时间随宇宙膨胀了 200 亿年，但现在，这膨胀的时间只剩不到3分钟了，之后，时间将随宇宙坍缩，时光将倒流。”丁仪走到木然的台长面前，指指摔碎的星图盘，“不必为这件古物而痛心，蓝移出现后不久，碎片就会重新复原，它会回到陈列柜中去，多少年以后，回到土中深埋，再过几千年的时间，它将回到燃烧的窑中，然后作为一团潮泥回到那位上古天文学家的手中……”他走到那位年轻的女工程师身边，“也不要为你的父亲悲伤，他将很快复活，你们很快就会见面。如果父亲对你很重要，你应该感到安慰，因为在坍缩的宇宙中，他比你长寿，他将看着你作为婴儿离开这个世界。是的，我们这些老人都是刚刚踏上人生旅途，而你们年轻人则已近暮年，或说幼年。”他又走到省长面前，“如果过去没有，那么长江的洪水未来永远不会在您的任期内越出江堤，因为现在宇宙中的未来只剩100秒了。坍缩宇宙中的未来就是膨胀宇宙中的过去。最大的险情要到1998年才会出现，但那时您的生命已接近幼年，那不是您的责任了。还有一分钟，现在无论做什么，都不会对将来产生后果，大家可以做各自喜欢的事情而不必顾虑将来，在这个时间里已经没有将来了。至于我，我现在只是干我喜欢，但以前由于气管炎而不能干的一件小事。”丁仪又用大烟斗从口袋里挖了一锅烟丝，点上悠然地抽了起来。

蓝移倒计时50秒。

“这不可能！”省长叫道，“从逻辑上这说不通，时间反演？一切都将反过来进行，难道我们倒着说话吗？这太难以想象了！”

“您会适应的。”

蓝移倒计时 40 秒。

“也就是说，以后的一切都是重复，那历史和人生变得多么乏味。”

“不会的，你将在另一个时间里，现在的过去将是您的未来，我们现在就在那时的未来里。您不可能记住未来，蓝移开始时，您的未来一片空白，对它，您什么都不记得，什么都不知道。”

蓝移倒计时 20 秒。

“这不可能！”

“您将会发现，从老年走向幼年，从成熟走向幼稚是多么合理，多么理所当然，如果有人谈起时间还有另一个流向，您会认为他是痴人说梦。快了，还有十几秒，十几秒后，宇宙将通过一个时间奇点，在那一点，时间不存在。然后，我们将进入坍缩宇宙。”

蓝移倒计时 8 秒。

“这不可能！真的不可能！！”

“没关系，您很快就会知道的。”

蓝移倒计时5秒，4、3、2、1、0。

宇宙中的星光由使人烦躁的红色变为空洞的白色……

……时间奇点……

……星光由白色变为宁静美丽的蓝色，蓝移开始了，坍缩开始了。

……

。了始开缩坍，了始开移蓝，色蓝的丽美静宁为变色白由光星……

……点奇间时……

……色白的洞空为变色红的躁烦人使由光星的中宙宇

。0、1、2、3、4，秒5时计倒移蓝

“。的道知会就快很您，系关没”

“!！能可不的真！能可不这”

。秒8时计倒移蓝

“。宙宇缩坍入进将们我，后然。在存不间时，点一那在，点奇间时个一过通将宙宇，后秒几十，秒几十有还，了快。梦说人痴是他为认会您，向流个一另有还间时起谈人有果如，然当所理么多……”

……

纤维

“喂，您走错纤维了！”

这是我到达这个世界后听到的第一句话，当时我正驾驶着这架F－18返回罗斯福号，这是在大西洋上空的一次正常的巡逻飞行，突然就闯进了这里。尽管我把加力开到最大，我的歼击机悬在这巨大的透明穹顶下一动不动，好像被什么看不见的力场固定住了，还有外面那颗巨大的黄色星球，围绕着星球的那纸一样薄的巨环在它的表面投下阴影。我不像那些傻瓜，我并不认为自己在做梦，我知道这是现实，理智和冷静是我的长项，正因为如此我才通过了90%的淘汰率飞上了F－18。

“请到意外闯入者登记处！当然，您得先下飞机。”那声音又在我的耳机中说。

我看看下面，飞机现在悬停的高度足有50米。

“跳下来，这里重力不大！”

果然如此，我打开舱盖，双腿使劲儿想站起来，却跳了起来，整个人像乘了弹射座椅似的飞出了座舱，轻轻地飘落在地。我看到在光洁的玻璃地面上有几个人在闲逛，他们让我感到最不寻常的地方就是太寻常了，这些人的穿着和长相，就是走在纽约大街上都不会引起注意的，但在这种地方，这种寻常反而让人感觉怪异。然后我就看到了那个登记处，那里除了一个登记员外已经有了3个人，可能都是与我一样的意外闯入者，我走了过去。

“姓名?”登记员问，这人又黑又瘦，一副地球上低级公务员的样子，“如果您听不懂这里的语言，就用翻译器。”他指了指旁边桌子上那一堆形状奇怪的设备，“不过我想用不着，我们的纤维都是相邻的。”

“戴维·斯科特，”我回答，接着问，“这是哪儿?”

“这儿是纤维中转站，您不必沮丧，走错纤维是常有的事。您的职业?”

我指着外面那个有环的黄色星球：“那，那是哪儿?”

登记员抬头看了我一眼，我发现他面带倦容，无精打采，显然每天都在处理这类事、见这类人，已厌烦了，“当然是地球了。”他说。

“那怎么会是地球?!”我惊叫起来，但很快想到了一种可能，“现在是什么时间？”

“您是问今天的日期吗？2001 年 1 月 20 日。您的职业？”

“您肯定吗？！”

“什么？日期？当然肯定，今天是美国新总统就职的日子。”

听到这里我松了一口气，多少有了些归宿感，他们肯定是地球人。

“戈尔那个白痴，怎么能当选总统？”旁边那 3 位中的一个披着棕色大衣的人说。

“您搞错了，当选总统的是布什。”我对他说。

他坚持说是戈尔，我们吵了起来。

“我听不明白你们在说些什么。”后面的一个男人说，他穿着一件很古典的外套。

“他们两个的纤维距离较近。”登记员解释说，又问我，“您的职业，先生？”

“先别扯什么职业，我想知道这是哪儿？外面这个星球绝不是地球，地球怎么会是黄色的？！”

“说得对！地球怎么会是这种颜色？你拿我们当白痴吗？”披着棕色大衣的人对登记员说。

登记员无奈地摇摇头：“您最后这句话是蛀洞产生以来我

听到的最多的一句话。”

我立刻对披着棕色大衣的人产生了亲切感，问他：“您也是走错纤维的吗？”尽管我自己也不理解这话的意思。

他点点头：“这两位也都是。”

“您是乘飞机进来的？”

他摇摇头：“早上跑步跑进来的，他们两位的情况有些不同，但都类似：走着走着，突然一切都变了，就到了这儿。”

我理解地点点头：“所以你们一定明白我的话：外面那个星球绝不是地球！”

他们3个都频频点头，我得意地看了登记员一眼。

“地球怎么会是这种颜色？拿我们当白痴?!”披着棕色大衣的人重复道。

我也连连点头。

“连白痴都知道，地球从太空中看是深紫色的！”

在我发呆的当儿，穿古典外套的人说：“您可能是色盲吧？”

我又点头：“或者真是个白痴。”

穿古典外套的人接着说：“谁都知道地球的色彩是由其大气的散射特性和海洋的反射特性决定的，这就决定了它的色彩应该是……”

我不停地点头，穿古典外套的人说着也对我点头。

“……深灰色。”

“你们都是白痴吗？”那个姑娘第一次说话了，她身材窈窕，面容姣好，如果我这时不是心烦意乱，一定会被她吸引住的，“谁都知道地球是粉红色的！它的天空是粉红色的，海洋也是，你们没听过这首歌吗：‘我是一个迷人的女孩儿，蓝色的云彩像我的双眸，粉红的晴空像我的脸蛋儿……’”

“您的职业？”登记员又问我。

我冲他大喊起来：“别急着问他妈的什么职业，告诉我这是哪儿?！这儿不是地球！就算你们的地球是黄色的，那个环又是怎么回事？”

这下我们4 个走错纤维的人达成了一致，他们3 个都同意说地球没有环，只有土星、天王星和海王星才有环。

姑娘说：“地球只不过是有3 颗卫星而已。”

“地球只有一颗卫星!!”我冲她大叫。

“那你们谈情说爱时是多么乏味，你们怎么能体会到两人手拉手在海边，一月、二月和三月给你们在沙滩上投下6 个影子的浪漫。”

穿古典外套的人说：“我觉得那情形除了恐怖外没什么浪漫，谁都知道地球没有卫星。”

姑娘说："那你们谈情说爱就更乏味了。"

"您怎么能这么说？两人在海滩上看着木星升起，乏味？"

我不解地看着他："木星？木星怎么了？你们谈恋爱时还能看到木星？"

"您是个瞎子吗?!"

"我是个飞行员，我的眼睛比你们谁都好！"

"那您怎么会看不到一颗准恒星呢？您怎么这么看着我？您难道不知道木星的质量已经很大，其引力在8000万年前引发了内部的核反应，变成了一颗准恒星吗？您难道不知道恐龙因此而灭绝吗?！您没有上过学吗？就算如此，您总看到过木星单独升起时那银色的黎明吧？您总看到过木星与太阳一同落下时那诗一般的黄昏吧？唉，您这个人啊。"

我感觉像来到了疯人院，便转向登记员："您刚才问我的职业，好吧，我是美国空军少校飞行员。"

"哇！"姑娘大叫起来，"您是美国人？"

我点点头。

"那您一定是角斗士吧！我早看到您不一般，我叫哇哇妮，印度人，我们会成为朋友的！"

"角斗士？那和美国有什么关系？"我一头雾水。

"我知道美国国会是打算取消角斗士和角斗场的，但现在这个法案不是还没通过吗？再说布什与他老子一样，是个嗜血者，要是他上台，法案就更没希望通过了。您觉得我没有见识是吗？最近的一次在亚特兰大奥角会我可是去了的，唉，买不起票，只在最次的座位上看了一场最次的角斗，那叫什么？两人扭成一团，刀都掉了，一点儿血都没见着。”

“您说的是古罗马的事吧？”

“古罗马？呸，那个绵软的时代，那个没有男人的时代，那时最重的刑罚就是让罪犯看看杀鸡，他百分之百会晕过去。”她温情地向我靠过来，“您就是角斗士。”

我不知该说什么了，甚至不知该有什么表情，于是又转向了登记员：“您还想问什么？”

登记员冲我点点头：“这就对了，我们10个人应该互相配合，事情就能快点完。”

我、哇哇妮、披棕色大衣的人和穿古典外套的人都四下看看：“我们只有5个人啊？”

“‘5’是什么？”登记员一脸茫然，“你们4个加上我不就是10个吗？”

“您真是白痴吗？”穿古典外套的人说，“如果不识数我就教您，达达加1才是10！”

这次轮到我不识数了：“什么是达达？”

"您的手指和脚趾加起来是多少个？10个。如果砍去一个，随便手指或脚趾，就剩达达个了。"

我点点头，"达达是19，那你们是20进制，他们，"我指指登记员，"是5进制。"

"您就是角斗士……"哇哇妮亲昵地用手指触摸着我的脸说，感觉很舒服。

穿古典外套的人轻蔑地看了一眼登记员："多么愚蠢的数制，你有两只手和两只脚，计数时却只利用了四分之一。"

登记员大声反驳："你才愚蠢呢！如果你用一只手上的指头就能计数，干吗还要把你的另一个爪子和两个蹄子都伸出来?!"

我问大家："那你们的计算机的数制呢？你们都有电脑吧?"

我们再次达成了一致，他们都说是二进制。

披棕色大衣的人说："这是很自然的，要不计算机就很难被发明出来。因为只有两种状态：豆子掉进竹片的洞中或没掉进去。"

我又迷惑了："……竹片？豆子?"

"看来您真的没上过学，不过周文王发明计算机的事应该属于常识。"

“周文王？那个东方的巫师？”

“您说话要有分寸，怎么能这样形容控制论的创始人？”

“那计算机……您指的是中国的算盘吧？”

“什么算盘，那是计算机！占地面积有一个足球场那么大，用竹片和松木制造，以黄豆作为运算介质，要100多头牛才能启动呢！可它的CPU做得很精致，只有一座小楼那么大，其中竹制的累加器是工艺上的绝活儿。”

“怎么编程序呢？”

“在竹片上打眼呀！那个出土的青铜钻头现在还存在北京的故宫博物院里呢！周文王开发的易经3.2有上百万行代码，钻出的竹条有上千公里长呢……”

“您就是角斗士……”哇哇妮依偎着我说。

登记员不耐烦地说：“我们先登记好吗？之后我再试着向你们解释这一切。”

我看着外面那黄色的有环的地球沉思了一会儿，说：“我好像明白一些了，我不是没上过学，我知道一些量子力学。”

“我也明白一些了。”穿古典外套的人说，“看来，量子力学的多宇宙解释是正确的。”

披棕色大衣的人是这几个人中看上去最有学问的，他点点头说：“一个量子系统每做出一个选择，宇宙就分裂为两个或几个，包含了这个选择的所有可能，由此产生了众多的平行宇宙，这是量子多态叠加放大到宏观宇宙的结果。”

登记员说：“我们把这些平行宇宙叫纤维，整个宇宙就是这样一个纤维丛，你们都来自邻近的纤维，所以你们的世界比较相似。”

我说：“至少我们都能听懂彼此的语言。”刚说完，哇哇妮就部分否定了我的话。

“妙名其莫！你们都在说些什么？”她最没学问，但最可爱，而且我相信，那个词在她的纤维中就是那个顺序，她又冲我温柔地一笑，“您就是角斗士。”

“你们打通了纤维？”我问登记员。

他点点头：“只是超光速航行的附带效应，那些蛀洞很小，会很快消失的，但同时也有新的出现，特别是当你们的纤维都进入超光速宇航时代时，蛀洞就更多了，那时会有更多的人走错门的。”

“那我们怎么办呢？”

“你们不能驻留在我们的纤维，登记后只能把你们送回原纤维。”

哇哇妮对登记员说：“我想让角斗士和我一起回到我的纤维。”

“他要愿意当然行，只要不留在这个纤维就行。”他指了一下黄地球。

我说：“我要回自己的纤维。”

“您的地球是什么颜色的?”哇哇妮问我。

“蓝色，还点缀着雪白的云。”

“真难看！跟我回粉红色的地球吧!”哇哇妮摇着我娇滴滴地说。

“我觉得好看，我要回自己的纤维。”我冷冷地说。

我们很快登记完了，哇哇妮对登记员说：“能给件纪念品吗?”

“拿个纤维镜走吧，你们每人都可以拿一个。”登记员指着远处玻璃地板上散放着的几个球体说，“分别之前把球上的导线互相连接一下，回到你们的纤维后，就可以看到相关纤维的图像了。”

哇哇妮惊喜地说：“如果我和角斗士的球连一下，那我回去后可以看到角斗士的纤维了?!”

“不仅如此，我说过是相关纤维，不止一个。”

虽然我对登记员的话不太明白，但还是拿了一个球，把上面的导线与哇哇妮的球连了一下，听到一声表示完成的蜂鸣后，就回到了我的 F－18 上，座舱里勉强能放下那个球。几分钟后，纤维中转站和黄色地球都在瞬间消失，我又回到了大西洋上空，看到了熟悉的蓝天和大海。当我在罗斯福号上降落时，塔台的人说我没有耽误时间，还说无线电联系也没有中断过。

但那个球证明我到过另一个纤维，我设法偷偷从机舱中拿回了球。当天晚上，罗斯福号在波士顿靠岸了，我把那个球带到军官宿舍。当我从大袋子中把它拿出来时，球上果然显示出了清晰的图像，我看到了粉红色的天空和蓝色的云，哇哇妮正在一座晶莹的水晶山的山脚下闲逛。我转动球体，看到另一个半球在显示着另一幅图像，仍是粉色的天空和蓝色的云，但画面上除了哇哇妮外还有一个人，穿着美国空军的飞行夹克，那人是我。

其实事情很简单：当我做出了不随哇哇妮走的决定时，宇宙一分为二，我看到的是另一种可能的纤维宇宙。

纤维镜伴随了我一生，我看着哇哇妮和我在粉红色的地球上恩恩爱爱，隐居水晶山，白头到老，生了一大群粉红色的娃娃。

就是在哇哇妮孤身回去的那个纤维，她也没有忘记我。在我们走错纤维 30 周年那天，我在球体相应的一面上看到她挽着一个老头的手，亲密地在海边散步，一月、二月和三月把他们的6个影子投在沙滩上，这时哇哇妮在球体中向我回过头来，她的眸子已不像蓝色的云，脸蛋儿也不再像粉红色的天空，但笑容还是那么迷人，我分明听见她说：

“您就是角斗士!”

西洋

公元 1420 年，非洲，索马里，摩加迪沙沿海

这是明朝舰队打算到达的最远的地方，永乐皇帝也只让他们走到这里。现在，200 多只船和两万多人，静静地等待着返航的命令。

郑和沉默地站在“清和”号的舰首，他面前，印度洋笼罩在热带的暴雨中。四周一片雨雾，只有当闪电刺破这一片朦胧时，舰队才在青色的电光中显现，“清远”号、“惠康”号、“长宁”号、“安济”号……如同围在旗舰四周纹丝不动的巨大礁石。众多的非洲酋长在船上欢宴三天后已上岸，激越的非洲鼓声从雨中隐隐传来，岸上棕榈林中打鼓的黑人狂舞的身影如暴雨中时隐时现的幽灵。

“该返航了，大人。”副将王景弘低声说。在郑和身后，站着远航统帅部的全体人员，包括七名四品宦官及众多的将军和文官。

“不，继续向前走。”郑和说。

在统帅部其他人的感觉中，这一刻空气和雨滴都凝固了，“向前?! 到哪里?!”

“向前走，看看前面有什么。”

“那有什么用呢？我们已证实建文帝不在海外，他肯定死了；我们也给圣上搞到了足够的珍宝，该回航了。”

“不，如果天圆地方，大海就应有边缘，大明的船队应该航行到那里。”郑和的双眼渴望地看着雨雾深处，看着他想象中的海天连线。

“这是违抗圣命，大人!”

“我意已决，不从者可以自己回去，但最多只能带10艘船。”

郑和听到身后有剑出鞘的声音，那是王景弘卫士的剑；接着有更多的出鞘声，那是郑和卫士的剑，然后一切都沉默着，郑和没有回头。

像来时一样突然，暴雨停了。太阳的光柱刺破云层，天水相连处金光灿烂，显示出无法抗拒的神秘诱惑。

"起航!"郑和大声发令。

公元1420年6月10日，明朝舰队浩浩荡荡，撞开印度洋的滚滚波涛，向好望角驶去。

公元1997年7月1日，欧洲，北爱尔兰，贝尔法斯特

中国国旗降下后，英国国旗在《上帝保佑女王》的乐声中升起，在旗的上缘接触杆顶时，时钟刚刚走过零点，这时，我们在这块土地上已是外国人了。

虽有幸参加交接仪式，我也只能站在最后排，所以是最早走出议会大厅的。15岁的儿子在外面等着我，静静地，我们最后看看北爱尔兰。这是典型的英伦夏夜，潮湿多雾，雾在街灯的黄光中像轻纱般飘过，拂在脸上像毛毛雨。在幽暗的灯光和迷蒙的雾中，贝尔法斯特像一个宁静的欧洲乡村。这是我度过前半生的地方，一小时后我们将会带着所有的东西离开，但我带不走自己的童年、青春和梦想，它们将永远留在这块宁静而多雾的土地上。

本来，中英联络组要工作到下世纪初，但我还是说服领导，早早调到新大陆去。表面上我给自己的理由是：对自己的

前途来说，早走比晚走好；但内心深处真正的理由却是想尽快远远地离开一起生活了 16 年、刚刚离婚的前妻。她虽是中国人，但作为领事馆的高级官员，她还要长期留在北爱尔兰。我已没希望留住她，就像中国没有希望留住北爱尔兰一样。好在儿子跟我走。

“是你们丢失了北爱！”儿子愤怒地对我说。在儿子眼里我是国家元首，更准确地说是个不称职的国家元首。他认为我应该把俄罗斯再分成几个更小些的国家；他认为我给贫穷的西欧太多的贷款，却对他们提了太少的要求；他认为许多年前我就不应该让中东的那些恐怖主义国家和亚洲的某些极权主义国家存在下去；特别是北爱问题，他认为我应该以主权换治权，而不是拱手相让……一句话，他认为中国在世界的领导地位正从我手里丢掉，尽管我只是个副司级的普通外交官。儿子好像浑身都长满了咄咄逼人的精神长矛，这点真像他妈妈，而我的忍让和儒家风度他一点儿都没继承，却反而成了他对我感到失望的原因。他跟我回国不是因为我，而是他无论如何也不能忍受作为一个外国人生活在北爱尔兰。

一小时后，运送中国最后一批撤离人员的专机把北爱尔兰留在下面的浓雾中，我们在夜色中飞向自己的新生活。

公元 1997 年 7 月 1 日，欧洲，巴黎

飞往新大陆之前，我们在欧洲大陆短暂停留。在伦敦时，还能感受到英国人庆祝回归的喜庆气氛，但欧洲大陆的其他角落对此似乎没什么反应。一出北爱尔兰，西欧的其他城市那混乱和贫穷的气息便扑面而来。交通被自行车的洪流所堵塞，空气浑浊。一出巴黎海关，我们便被一大群渴望换到人民币的法国青年围住，好不容易才摆脱他们。同行的其他人还处于“北爱综合征”之中，没精打采地躺在机场饭店中不出来。但儿子硬拉着我去看古战场。

初升的太阳驱散了晨雾，古战场显出一片醉人的绿色。这地方我们不知来过多少次了，特别是在去年，几乎每个星期天我们都要乘英吉利海底隧道列车来一次，每次在这里儿子都要对我进行一番例行的折磨，现在又开始了。像往常一样，他站在纪念碑的底座上，慷慨激昂地背诵起小学的历史课本：

“1421 年 8 月，明舰队到达西欧沿海，欧洲惊恐万状……”

“好了，爸爸累了，这次就算了吧。”我不耐烦地打断他。

“不行，春秋时代的夫差身边有一个人时刻提醒他报杀父

之仇，你们这些政治家和外交官也需要这么一个人。”

“我们在欧洲和北爱没有杀父之仇，一百年的协议到期了，我们就把北爱还给英国，这是顺理成章的事，谈不上是什么失误或失败。”

儿子不听我这一套，继续他的演讲：“……欧洲惊恐万状。郑和本想像在南洋诸国一样，同欧洲人友善相待，但他派往欧洲大陆的5位使者全部被杀，东西方只有一战！罗马教皇马丁五世呼吁四分五裂的封建诸侯联合对敌，还颁布了赦罪法令，凡此时应征入伍的罪犯都可获得赦免。为了给战争筹款，教会出卖神职，甚至把教皇的金冠卖给了佛罗伦萨的商人。英法匆匆结束百年战争，结成军事同盟。慑于明舰队的强大，西欧海军不敢出战，欧洲人把胜利的希望寄托在陆战上。1421年12月，明朝军队在加来登陆，10天后兵临巴黎城下。双方在巴黎近郊进行决战。当时欧洲人集结了10万大军，其中有英王亨利五世率领的3万英军、法国勃艮第公爵率领的4万法军和来自德意志神圣罗马帝国的3万条顿骑士团。明军只有25000兵力。12月20日清晨，巴黎战役开始。西欧联军统帅部拟以法军和条顿骑士团的重铠步兵攻击明军正面，以英格兰轻骑兵做右翼迂回。日出时分，西欧联军首先发起进攻。欧洲步兵战阵严整，成无数个整齐的方队向前推进。重装步兵的盔甲在朝阳下闪着金银两色的光芒，从明军阵地看去，仿佛是金属的大地在移动，无数的长矛如同大地上的麦田。战鼓声、苏格兰风笛声、士兵们用剑柄有节奏地击打胸甲发出的撞击声渐渐清晰可闻……”

“这样下去我们要误飞机了。”

“……郑和看准了欧洲军队进攻队形密集、死板的特点，把炮兵集中部署在正面。明军迟迟不出击，而是进行了炮兵齐射。在前三次猛烈的齐射中，欧军伤亡惨重，但进攻队形纹丝不乱，方队踏着尸体继续推进。在敌人严整的进攻方队已近在眼前时，郑和沉着地命令进行第四次更为猛烈的炮击。明军的几百门大炮发出雷鸣般的轰响，把暴雨般的霰弹倾泻到欧洲人密集的方队中，霰弹打在盔甲上，发出一阵哗哗的潮水般的声音。欧军的队形乱了，开始是前一排方队，然后如同推倒了多米诺骨牌，整个阵线大乱起来。郑和这时才命令明军出击，他的数量不多的骑兵以楔形队形攻击欧军正面，向敌阵深处猛插，很快把欧洲步兵阵线切成两半，并集中攻击右翼。这时，迂回的英国骑兵正从右翼方向攻击，却遇上了溃散下来的联军步兵，人马相践，死伤无数……”

“真的该走了，孩子！”

“……战斗一直持续到黄昏，在如血的残阳中，明军才吹响了他们凄厉的号角……巴黎战役，西欧联军大败，10万军队半数被歼，英王亨利五世殒命沙场，上百个公爵、伯爵和王室将军阵亡或被俘……巴黎战役之后，西欧难以在短时间内集结起足以对付明军的力量，加上明舰队对西欧沿海特别是英吉利海峡的封锁，以及关于明朝后续舰队正在驶援的传闻，西欧脆弱的抗明联盟瓦解了，以后……”

“以后我都知道，以前的也都知道，你要没完没了，我自己走了，你一个人留在这里与郑和做伴好了。”

我们终于离开了古战场，如果可能再回来，也是很长时间以后了。

公元1997年7月2日，中国新大陆，纽约

“欢迎来到中国新大陆！”海关小姐对我们甜蜜地一笑，我感到了一种回家的温暖，但儿子对回国似乎并没什么感觉。

“明朝舰队首航美洲已有500多年了，他们还把这儿叫新大陆。”他说。

“一种习惯，就像欧洲人仍把中国人叫洋人一样。”

“我们早就该再有一个真正的新大陆了！”

“哪儿？南极洲吗？”

“为什么不行?”

我暗自摇摇头。对儿子性格中这咄咄逼人的进攻性，我已经习惯了，但又时时对此感到一种压力。似乎他妈妈的性格越过大洋通过儿子作用于我，想到这儿，我心中一阵酸楚。

我们驱车赶往联合国总部，很快沿着高速公路一头扎进了纽约的高楼森林。同来自欧洲的每一个人一样，我觉得来到了巨人国，一切都那么大。半小时后我们的车停在了联合国大厦前。

“这就是我下半生工作的地方了。”我指着大厦对儿子说。

“但愿已经十分臃肿的联合国机构不是又增加了一个多余的人，爸爸。”

“哈，我该怎样干和干什么才能不多余呢?”

“至少，由于多了您一个中国人，中国在联合国相应地多一份权威。”

“那又该怎么干呢?”我心不在焉地问，想着是先进去报到呢，还是先去公寓看看新房子。

儿子像往常一样，又向我提了一个只适合于向国家元首提的建议：“联合国离开我们每年100个亿的会费就运行不下去，想到这点，增加权威就很容易了。”

“住嘴！我警告你，以后我们生活在联合国的环境里，你这种话是很让人讨厌的!”

在联合国大厦前的广场上，有几个人在作政治演讲，他们都穿着分离主义者的蓝色衬衫。每个演讲者前面都有一堆各种肤色的人在听，一个离我们较近的演讲者的话音传到我们耳中。

“……自500年前明朝覆灭后，新大陆就开始了新文化运动，这以后的几个世纪，我们一直领导着中华文化的走向，而旧大陆只是战战兢兢地跟在我们后面，现在几乎被我们甩开了，他们的悟性比我们要慢半个世纪！而直到现在，他们还以文化宗主自居。事实上，新大陆的文化现已发展成为一种全新的文化，它的渊源在旧大陆，但它是一种全新文化！第三点，在经济上，新大陆和旧大陆……”

演讲者是一个大学生模样的瘦弱年轻人。儿子冲上前去，把他从高台上一把揪了下来，“闭上你的狗嘴，你个臭分离分子!”他在儿子的手中挣扎着，眼镜掉到地上摔碎了，“看到北爱的事，你们这些人又狂起来了是不是?!记住，北爱是租借地，但新大陆却是我们的国土！”

“新大陆是印第安人的国土，旧大陆先生。”那个年轻人挣脱了儿子的手，冷笑地说。

“你是不是中国人?!”儿子怒视着他说。

“这得由全民公决来决定。”演讲者整整领带，仍不动声色。

“呸！做梦去吧！你们几个兄弟公决不认爹娘，行吗?!”儿子挥着拳头说，我赶紧冲进围观者中把他拉出来。

“爸爸，他们在这儿这么猖狂，你不管吗?!”儿子甩开我的手说。

“我只是个普通外交官，你看看吧，我们管得了吗?”我指指四周那些穿蓝衬衫的人，在这儿他们还算文雅，在费城和华盛顿，这些家伙剃了光头，胳膊上裹着带钢刺的护腕，儿子要是在那里这样子可真要遭殃了。

“先生，给您画张像好吗?”一个轻柔的、怯生生的声音从我身后传来。这是一个白人姑娘，像所有欧洲移民一样，她的穿着很朴素，手里拿着画板和画笔。第一眼看到这姑娘瘦弱的身材，我脑海中突然浮现出一幅欧洲古典油画，画面是一个瘫痪的姑娘在草地上的背影，她渴望地看着远处的一所小房子，那房子对于她是那么遥远，那么可望而不可即。更奇怪的是，我还想起了前妻，不是由于她们的相像，而是由于她们的差异。这个姑娘在生活中所渴望得到的一切，就像油画中的那所小房子一样遥远，可望而不可即。但像画中的姑娘一样，她仍胆怯地，同时顽强地在这个冷酷的世界上一点点挪动着自己……那画上的姑娘背对着观众，但你能感觉到她渴望而动人的目光，那就是现在这位移民姑娘看着我的目光。我心中突然出现一种多年没出现过的异样的感觉。

“对不起，我们还有事情。”我说。

“很快的，先生，真的很快。”姑娘说。

“我们真的要走了，很对不起，小姐。”

姑娘还想说什么，儿子把几张钞票朝她扔过去：“你不就是要钱吗？别烦我们，走开！”

姑娘蹲下来，默默地把散落在地上的钱拾起来，然后站起来慢慢走到儿子身边，把钱递还到他面前。

“如果打扰了你们，真对不起。但我想问问年轻的先生，如果……”她停了好一会儿，很艰难地把话说下去，“如果我的皮肤是黄色的，您还会这样对待我吗？”

“你是说我搞种族歧视？”儿子挑衅地看着她。

“向小姐道歉！”我厉声说。

“凭什么？这些年他们像蝗虫一样涌进来，抢走我们的工作。”

“可是，先生，欧洲移民在新大陆只干你们最不愿干的工作，拿最低的工资。”

“但像你这样的，还在红灯区败坏我们的社会风气！”

姑娘吃惊地盯着儿子，羞辱和愤怒使她说不出话来，手里的画具和钱都掉到地上。

我打了儿子一巴掌，这是我第一次打他。

儿子只愣了一秒钟，突然兴奋地抱住我："哈哈！爸爸，你早就该有这种气魄！这才是你在联合国应该显示的气魄！这是你的一个好开端！"

他这出人意料的反应更令我怒不可遏，"滚，滚得远远的！"我冲他吼道。

"好，我滚。"儿子很高兴地走开了，以为他看到了一个脱胎换骨的新父亲。走远了还回头对我打招呼："一个好开端，爸爸！"

我呆呆地站在那儿，对自己的失态有些迷惑。除了对儿子失礼的愤怒外，还同这位姑娘在我心中产生的异样感情有关。我向她深表歉意，并同她一起蹲下来收拾地上的东西。她叫赫尔曼·艾米，英国人，只身来中国新大陆留学，在纽约州立大学学美术。她昨天刚到这里。

"我儿子是在旧大陆长大的，今年才到北爱来。在旧大陆的年轻人中，极端民族主义情绪在膨胀，像这里的分离主义分子一样，简直成了一种公害。"

我把散落在地上的几张画递给她，并注意到了她画夹中的一幅画，画面上有一个戴着头灯安全帽，饱经风霜的脸上满是煤灰的男人，他身后是纽约的高楼群。

“我父亲，他是伯明翰的一个矿工。”艾米指着那张画说。

“在画中你让他到了新大陆。”

“是的，这是他永远无法实现的一个愿望。我选择了画画，就是因为画和梦一样，在其中能走进现实中永远无法走进的世界，实现永远无法实现的愿望。”

“你的油画画得很好。”

“但我必须学中国画，这样回到欧洲后才能靠画笔生活。东方的艺术充斥欧洲，那里很少有人对本土艺术感兴趣了。”

“中国画应该到旧大陆去学。”

“那里的签证很难办到，费用也太高。学中国画是为了生活，我最后还是要画油画的，我们的艺术总得有人继承。请您相信，先生，同大多数的英国人不一样，我不是到中国来淘金的。”

“我相信。哦，你到过故宫博物院吗？那里有很多中国画的经典作品。”

“没有，我刚到纽约。”

“那么我带你去，作为对刚才那件事的道歉。”

同旧大陆一样，新大陆的故宫博物院也在紫禁城中。新大陆的紫禁城建于明朝中期，位于纽约东南部，它的面积是旧大陆紫禁城的两倍，是一片金碧辉煌的东方宫殿。明朝有两个皇帝巡视过新大陆，并在这座皇宫中住过。艾米很快发现了这里与旧大陆紫禁城的不同。

“这里只有一道城墙，却有这么多城门，远不像北京的皇宫那么森严。”

“是的，新大陆是一个开放的大陆，几百年来接受着不同文化的八面来风。正因为如此，我们的封建王朝首先在新大陆覆灭。”

“您是说，如果没有新大陆，你们现在还是一个王国？”

“哈哈，这不一定，但至少，明朝不会是最后一个王朝。”

“郑和为振兴大明朝而远航，却把它推向坟墓？”

“历史就这么不可思议。”

我和艾米漫步在古代的皇宫中，人不多，我们的脚步声在一个又一个空旷的大厅中回荡，一根根巨大的立柱在朦胧中从我们两侧缓缓移过，好像是在黑暗中俯视着我们的一个个巨人，静静的空气中仿佛游动着神秘的幻影。

我们来到了一个陈列柜前，里面陈列着许多黄得发黑的欧洲中世纪的拉丁文旧书，有《荷马史诗》，有欧几里得的《几何原理》、亚里士多德的《物理学》，还有柏拉图的《理想国》

和但丁的《神曲》……其中很多是15世纪欧洲宗教裁判所的禁书。这些都是郑和到达西欧后让翻译给他读过的。

我对艾米说："看，他读的你们的书，从你们那儿得到了很多他没有的东西：他有指南针，却没有远航必需的欧洲精确钟表；他有比你们当时最大的船还大三倍的船，却没有欧洲绘制精确海图的技术……特别是基础科学，那时的明朝落后于欧洲，比如在地理学上，中国人仍相信世界是天圆地方的。没有你们的科学，或者说没有东西方文化的融合，郑和就不会接着向西航行，我们也不会得到美洲。"

"就是说，我们不像自己想象的那么贫乏。我那些自悲的年轻同胞应该有您这样的老师！"

我们谈得更多的还是艺术，看着博物馆中那些中国画的珍品，我们谈中国画最古老的源头，谈狂草象派和空白派在中国的出现与流行，谈欧洲画派复兴的可能……我惊奇地发现我们有那么多的话可谈。

"像您这样正眼看欧洲文化的人不多了，我永远为您祝福，真想让您以后成为看我的画的第一个中国人。"

艾米说这话可能没有别的意思，但我还是有些心跳。

不知过了多久，我们发现刚走进的大厅有些不同，这里灯光很亮，人也很多。古老的大厅正面，放着一个高大的航天器，那是“孔子号”登月飞船着陆舱的复制品。从大厅高高的顶端射下几道多彩的光柱，聚焦到一个衬着天鹅绒的玻璃柜上，天鹅绒上放着许多大小不一的石块，每块都标着昂贵的价格。这是中国1965年首次登月时，“孔子十一号”上的宇航员从月球静海带回的岩石标本。

“真美！”艾米感叹。

“可它们只是一些普通的石块。”我说。

“不是的，想想它们来自那么遥远的世界，包含着多少故事。就像我父亲给我的一块晶亮的煤块，它在地层深处睡了上亿年，这是多么长的时间，这时间中能有多少个人生？这些东西就像凝固了的梦一样。”

“像你这样能看到内在美的姑娘现在真是不多了！”我激动地说。我买了一块很小的岩石标本，上面系着一条银色的链子。岩石的一个切面上还可以看到登月宇航员的签字。我把它送给艾米。她不愿收这样贵重的礼物，可我坚持说这是为了表示我对今天不愉快事情的深深歉意，她最后默默地收下了。在她的目光里，我又一次感到了回家的温暖，真奇怪，在一个移民姑娘的目光里。

出故宫后，我们开着车漫无目的地在纽约乱转，只是想延长分别的时间。最后，我们来到了纽约港，隔着一片海水，对面是世界闻名的上百米高的郑和像。他的一只巨手指着前方的新大陆。现在，天已黑了，我们身后的曼哈顿灯火辉煌，如同一个巨大的宝石切面。无数道光柱集中到郑和像上，使他成为屹立于海天之间的发着蓝色光芒的巨人。

这时，我们身后有人“嗨”了一声，是我儿子。“我知道你们最后会来这儿。”他说，然后走到艾米面前，向她伸出手，“我向你道歉，小姐。那时我心情不好，想想我们是刚从北爱尔兰撤出来的中国人，您就会理解了。”

“孩子，”我说，“你太锋芒毕露了，这是不成熟的表现，你该成熟起来了。”我指指面前的郑和巨像，“他是你最崇拜的人，你认为他是最高大、最完美的人。想像他那样去开拓一切，这也是你形成现在性格的重要原因。但现在，应该让你看到一个完整而真实的郑和了。”

“我了解郑和，我读过关于他的所有的书。”

“你读到的都是现代作家们写的书，他们只写理想的东西。”

“有什么不对吗？”

“比如说，明舰队航行到西欧已是奇迹，为什么郑和又能在那么短的时间内从西欧再次远航，跨越大西洋，发现美洲新大陆呢？”

“郑和是一个伟大的开拓者，他的每一个细胞都渴望着探索未知世界，神秘的大西洋强烈地吸引着他，就是这样，爸爸。现在中国的领航者要是有他一半的气魄就好了！”

“现在的年轻人都这么认为。”

“有什么不对吗？”

“郑和的某些方面你可能不知道，首先，作为一个男人他是残缺的，他是一个太监。”

儿子和艾米惊愕地瞪大了双眼。“你胡说！”儿子说。但很快，他似乎想起了他看过的某本书中的某些暗示，转身看着巨像沉默下来。

“巴黎战役后的第二天，郑和率领八千骑兵进入巴黎，同欧洲各君主和罗马教皇签订了那个划时代的协定。骑马走在巴黎的大街上，郑和与他的同行者第一次看到了那些古希腊风格的雕塑，他们看到了波塞冬、阿波罗、雅典娜、阿佛洛狄忒……这些在明朝的土地上不可能看到的男人女人健壮美丽的裸体被塑造得那么完美，这是西洋文化对他们产生的第一次强烈震撼。对郑和来说，这震撼更是深入灵魂，他从来没有这样铭心刻骨地意识到自己的缺憾，自己的不完美。从那以后，他陷入了深深的迷茫和忧郁之中，这迷茫和忧郁使他感到这个世界越来越陌生，最后，一个强烈的愿望在他和所有随行者的心中出现了……”

“什么?”

“回家。”

“回家?!”

“回家。这愿望如此强烈，以至于他们想走一条更近的路。从欧洲的地理学中他们知道了地球的形状，知道了如果一直向西，就和向东返回一样能回家。于是，在征服欧洲不久后，明朝舰队就向西——向大西洋的深处驶去。他们走啊走，走啊走，在两个月艰难的航程中，一双双眼睛望着大西洋天水相连的远方，盼望着家乡的海岸在那里浮现……终于，陆地出现了，但那不是梦中的乡土，而是一个长着龙舌兰和仙人掌，出没着红种人部落的陌生世界。当他们踏上新大陆时，并不像那些浅薄的历史作家描写的那样欢呼雀跃，而是抱头痛哭……郑和因此一病不起，在新大陆结束了一生。舰队中很多的船仍然沿着海岸航行，直到五年后，这些船才在白令海峡找到了通向太平洋的路，又过了五年，他们才回到魂牵梦绕的祖国，大明朝日不落帝国的世界才连为一体。”

儿子面对着巨像长久地沉思着，这可能是他有生以来最长时间的一次沉思，我感到从未有过的欣慰。

“孩子，历史和生活不是你一直认为的那种简单的征战和开拓，其中有很多说不清、道不明的东西，很多需要成熟后才明白的东西。”

“是的，”艾米说，“想想，假如郑和当年按照最初的计划，最远只航行到索马里海岸就返回，后来会是什么样子？也许是一支欧洲人的船队后来首先绕过了好望角，更说不定，另一支欧洲人的船队还发现了美洲呢！”

“唉，历史啊，同一个人的命运很相像。”我感叹道。

“那么，爸爸，”儿子从沉思中醒来，指指艾米，“她是您的新大陆吗？”

我和艾米相视一笑，我们谁都没有否认这点。

我们身后，曼哈顿的灯火更加辉煌，纽约港的水面成了一片跳跃的光海，这又是新大陆多梦的一夜。

后记：郑和如果一直向前航行，以后的历史会怎样？这是令无数个中国人魂牵梦绕的问题。历史学家们的看法是：郑和远航的目的是落后的，只是为了“布皇恩于天下”（寻找建文帝?），而不是为了贸易和征服。在这样的指导思想下，即使明朝舰队航行到西欧甚至美洲，也不会有大的作为。但笔者的看法是：人的思想在新环境中是会变化的，如果郑和真的航行到西欧，他必然会接触到西方的思想和科学，这是东方文化撞击西方文化，同以后人家的文化撞击我们的完全不同，必然会结出意想不到的果实。另外，在真实的历史中，郑和远航中曾两次用兵，其中至少有一次是针对一个国家的。

在这篇科幻小说描写的世界里，中华文化有了更大的影响力和地域范围，但那不是一个理想社会，它面临着比我们的现实更多的问题、更大的危机。现在重读一遍，发现这个世界造得很笨拙，同时，我自己也不喜欢小说中很重的殖民主义和霸权主义色彩。

微观尽头

今天夜里，人类将试图击破夸克。

这个壮举将在位于罗布泊的东方核子中心完成。核子中心看上去只是沙漠中一群优雅的白色建筑，巨大的加速器建在沙漠地下深处的隧道中，加速器的周长有150公里。人们在附近专门建了一座100万千瓦的核电厂为加速器供电，但要完成今天的试验还远远不够，只能从西北电网临时调来电力。今天，加速器将把粒子加速到10的20次方吉电子伏特，这是宇宙大爆炸开始时的能量，也是万物创生时的能量，在这难以想象的能量下，目前已知的物质最小单位夸克将被撞碎，人类将窥见物质世界最深层的秘密。

核子中心控制大厅中的人不多，其中有目前世界上最杰出的两位理论物理学家，他们代表着目前对物质深层结构研究的两个不同的学派。其中之一是美国人赫尔曼·琼斯，他认为夸克是物质的最小单位，不可能被击破；另一位是中国人丁仪，他认为物质无限可分。控制大厅中还有负责加速器运行的总工程师，以及为数不多的几名记者。其他众多的工作人员都在地下深处的几十间分控室内，控制大厅只能看到综合后的数据。这里最让人惊奇的人物是一名叫迪夏提的哈萨克族牧羊老人，他的村庄就在核子中心加速器的圆周内，在昨天的野餐中，物理学家们吃了他的烤全羊，并坚持把他请来。他们认为这是物理学的伟大时刻，也是全人类的伟大时刻，所以应该有一个最不懂物理学的人到场。

加速器已经启动，大显示屏上的能量曲线像刚苏醒的蚯蚓一样懒洋洋地爬着，向标志着临界能量的红线升去，那就是击碎夸克所需的能量。

“电视为什么不转播?”丁仪指着大厅一角的一台电视机问。电视中正转播着一场人山人海的足球赛。这位物理学家从北京到这儿一直身着一件蓝工作服，很容易被误认为是勤杂工。

“丁博士，我们并非世界中心，试验结果出来后，能出一条 30 秒的小新闻就不错了。”总工程师说。

“麻木，难以置信的麻木。”丁仪摇摇头说。

“但这是生存之必需。”琼斯说，他一副颓废派打扮，头发很长，还不时从衣袋中掏出一个银制酒瓶喝一口。“我很不幸地不麻木，所以难以生存下去。”他说着掏出了一张纸，在空中晃着，“先生们，这是我的遗书。”

语惊四座，记者们立刻围上了琼斯。

“这个试验结束后，物质世界将不再有什么可以探索的秘密。物理学将在一个小时内完结！我是来迎接自己世界的末日，我的物理学啊，你这个冷酷的情人，你穷尽之后我如何活得下去！”

丁仪不以为然地说：“这话在牛顿时代和爱因斯坦时代都有人说过，比如上世纪的马克斯·玻恩和史蒂芬·霍金，但物理学并没有结束，将来也不会结束。您很快就会看到，夸克将被击破，我们在通向无的阶梯上又踏上一级。我是来迎接自己世界的早晨！”

“您这是抄袭毛泽东的理论，丁博士，他在上世纪50年代就提出物质无限可分的思想了。”琼斯反唇相讥。

“你们过分沉湎于自己的思想了。”总工程师插进来说，“通过阳光同一时刻在埃及和希腊的干井中不同的投影，可以推测出地球是圆的，甚至由此可以计算出它的直径，但只有麦哲伦的旅行才是真正激动人心的。你们这些理论物理学家以前只是待在井里，今天我们才要在微观世界做真正的环球航行！”

大屏幕上，能量曲线接近了那条红线。外面的世界似乎觉察到了这沙漠深处涌动的巨大能量，一群鸟儿从红柳丛中惊飞，在夜空中久久盘旋，远方传来阵阵狼叫……终于，能量曲线越过了红线，加速器中的粒子已获得了撞击夸克所需的能量，这是人类有史以来所获得的最高能量的粒子。控制计算机立刻把这些超能粒子引出了加速器周长 150 公里的环道，进入一条支线，以接近光速的速度向靶标飞去。在这极限能量的轰击下，靶标立刻迸发出一场粒子辐射的暴雨。无数个传感器睁大眼睛盯着这场暴雨，它们能在一瞬间分辨出暴雨中几个颜色稍有不同的雨滴，正是从这几个雨滴的组合中，超级计算机将判断出是否发生了撞击夸克的事件，并进一步判断夸克是否被撞碎。

超能粒子在源源不断地产生，加速器中的撞击在持续，人们在紧张地等待着。超能粒子击中夸克的概率是很小的，他们不知道要等多长时间。

“哦，来自远方的朋友们，”迪夏提老人打破沉默，“十多年前，这些东西开始修建时我就在这里。那时工地上有上万人，钢铁和水泥堆得像山一样高，还有几百个像大楼一样高的线圈，他们告诉我那是电磁铁……我不明白，这样多的钱和物，这样多的人力，能灌溉多少沙漠，使那里长满葡萄和哈密瓜，可你们干的事情，谁都不明白。”

“迪夏提大爷，我们在寻求物质世界最深的秘密，这比什么都重要！”丁仪说。

“我没有读过多少书，但我知道，你们这些世界上最有学问的人，在找世界上最小的沙粒。”

哈萨克老牧人对粒子物理出色的定义使在场所有的人都兴奋起来。

“妙极了！”琼斯在得到翻译后叫起来，“他认为，”他指指丁仪，“沙粒要多小就有多小；而我认为，存在最小的沙粒，这粒沙子不能再小了，用最强有力的锤都不可能砸碎它。尊敬的迪夏提大爷，您认为我们谁对呢？”

迪夏提在听完翻译后摇了摇头：“我不知道，你们也不可能知道，世界万物究竟是怎么回事，凡人哪能搞清呢？”

“这么说，您是一位不可知论者？”丁仪问。

老牧人饱经风霜的双眼沉浸在梦幻和回忆中：“世界真让人想不明白啊！从小，我就赶着羊群在无边的戈壁沙漠中寻找青草。多少个夜晚，我和羊群躺在野外，看着满天的星星。那些星星密密麻麻的啊，晶亮晶亮的啊，像姑娘黑发中的宝石；夜不深时，身下的戈壁还是热的，轻风一阵阵的，像它的呼吸……这时世界是活的，就像一个熟睡的大娃娃。这时不用耳朵，而用心听，你就能听到一个声音，那声音充满天地之间，那是真主的声音，只有他才知道世界究竟是怎么回事。”

这时，蜂鸣器刺耳地响了，这是发生夸克撞击事件的信号，人们都转向大屏幕，物理学的最后审判日到了，人类争论了三千年的问题马上就会有答案。

超级计算机的分析数据如洪水般在屏幕上涌出，两位理论物理学家马上发现事情不对，他们困惑地摇摇头。

结果并没有显示夸克被撞碎，但也没有显示它保持完整，试验数据完全不可理解。

突然，有人惊叫了一声，那是迪夏提，这里只有他对大屏幕上撞击夸克的数据不感兴趣，仍站在窗边。“天啊，外面怎么了，你们快过来看啊！”

“迪夏提大爷，请别打扰我们！”总工程师不耐烦地说，但迪夏提的另一句话使所有人都转过身来。

“天……天怎么了！！”

一片白光透进窗来，大厅中的人们向外看去，他们不相信自己的眼睛：整个夜空变成了乳白色！人们冲出了大厅，外面，在广阔的戈壁之上，乳白色的苍穹发着柔和的白光，像一片牛奶海洋，地球仿佛处于一个巨大的白色蛋壳的中心！当人们的双眼适应了这些时，他们发现乳白色的天空中有一群群的小黑点，仔细观察了那些黑点的位置后，他们真要发疯了。

“真主啊，那些黑点……是星星!!”迪夏提喊出了每个人都看到但又不敢相信的结论。

他们在看着宇宙的负片。

震惊之中，有人从窗外注意到了大厅中的那台正在转播球赛的电视机，屏幕上的情形证实了他们不是在做梦：千里之外的体育场也笼罩在一片白光中，看台上的几万人都惊恐地仰望着天空……

“这事是什么时候发生的?”首先镇静下来的总工程师问。

“刚才里面那个鸣声响起来的时候。”迪夏提说。

人们沉默了，他们把目光都集中到琼斯和丁仪身上，希望这两位自爱因斯坦以来最杰出的物理学家，能对眼前这噩梦般的现实做出哪怕一点点的解释。

两位物理学家已不看天空了，他们在低头沉思着。丁仪首先抬起头来仰望着乳白色的宇宙，长长地出了一口气。

“我们早该想到的。”

琼斯也抬起头来，望着丁仪：“是的，这就是超统一理论方程中那个变量的含义!”

“你们在说什么?!”总工程师喊道。

“工程师，我们的环球航行成功了!”丁仪笑着说。

“您是说，我们的试验导致了这一切?!”

“事实正是这样！”琼斯说，同时掏出了那个银酒瓶，“现在麦哲伦知道了，地球是圆的。”

“圆……的?!”其他人都困惑地看着两位物理学家。

“地球是圆的，从其表面任一点一直向前走，就会回到原点。现在我们知道了宇宙的时空形状，很类似，我们一直向微观的深层走，当走到微观尽头时，就回到了整个宏观。加速器刚才击穿了物质最小的结构，于是其力量作用到最大的结构上，把整个宇宙反转了。”琼斯解释说。

丁仪说：“琼斯博士，您可以活下去了，物理学没有完结，才刚刚开始，就像人类知道地球形状后，地理学刚刚开始一样。我们都错了，要说最接近事实的论述，是迪夏提大爷刚才做出的，我虽不相信真主，但宇宙之深奥、之神奇远远超过我们的想象。”

“我想起来了，英国人阿瑟·克拉克在科幻小说中提出过宇宙负片的概念，但谁会想到它成为现实呢？”

“可现在怎么办?”总工程师问。

“现在很好，我很乐意生活在宇宙负片中，它和反转前的同样美，不是吗?”

琼斯喝干了瓶中的酒，微醉着伸开双臂拥抱整个新宇宙。

“可你们看……”总工程师从窗口指了指大厅里的电视，体育场里惊恐的骚动在加剧，一种集体的歇斯底里在人海中漫延开来。从这个画面上可以想象，整个人类世界正陷入混乱之中。

“继续轰击靶标。”丁仪对总工程师说。在第一次夸克撞击事件发生后，为了分析结果，控制计算机已中止了超能粒子对靶标的轰击。

“你疯了?!鬼知道第二次夸克撞击事件会产生什么效应?也许会造成宇宙坍缩或大爆炸!”

“不会的!前面的现象已证明了超统一方程的正确，我们知道下一次撞击会发生什么。”琼斯说。

加速器中的超能粒子再次被引向靶标，人们期待着粒子的暴雨中那几滴不同颜色雨滴的出现。

1 分钟，2 分钟……10 分钟……

各种曲线和数据在大屏幕上懒洋洋地滚动着，什么都没发生。

电视屏幕上，体育场中的人海已失去了控制，在乳白色的天空下，人们无目标地乱撞，互相践踏……图像抖动了一下，电视信号中断了，屏幕上只有一片荒漠一样的雪花。宇宙的突变超出了人类所有的知识和想象，超出了他们的精神承受力，世界处于疯狂的边缘。

蜂鸣器第二次响了，夸克第二次被击中。

没有任何预兆，比眨眼的速度更快，宇宙再次被反转，漆黑的夜空，晶莹的星群，人类的宇宙又回来了。

“天啊，你们在干真主的事!”迪夏提大爷说。核子中心的人们这时都聚集在外面的戈壁滩上，聚集在醉人的星空下。

“是的，对物质本原的不懈探索使我们拥有了上帝的力量，这真是做梦都想不到的。”琼斯说。

“但我们仍是人，谁知道以后还会发生什么呢?”丁仪说。

夜空中，群星灿烂，那听不见的乐曲充满整个宇宙。

“真主啊……”迪夏提大爷对着星空伏下身来。

2018 年

4 月 1 日　晴

又是犹豫的一天，这之前我已经犹豫了两三个月，犹豫像一潭死滞的淤泥，我感觉自己的生命在其中正以几十倍于从前的速度消耗着，这里说的从前是我没产生那个想法的时候，是基延还没有商业化的时候。

从写字楼顶层的窗子望出去，城市在下面扩展开来，像一片被剖开的集成电路板，我不过是那密密麻麻的纳米线路中奔跑的一个电子，真的算不了什么，所以我做出的决定也算不了什么，所以决定就可以做出了……像以前多少次一样，决定还是做不出，犹豫还在继续。

强子又迟到了，带着一股风闯进办公室，他脸上有瘀青，脑门上还贴着一块创可贴，但他显得很自豪，扬着头，像贴着一枚勋章。他的办公桌就在我对面，他坐下后没开电脑，直勾勾地看着我，显然是在等我发问，但我没那个兴趣。

“昨晚电视里看到了吧？”强子兴奋地说。

他显然是指“生命水面”袭击市中心医院的事，那也是国内最大的基延中心。医院雪白的楼面上出现了两道长长的火烧的黑迹，像如玉的美人脸被脏手摸了一下，很惊心。“生命水面”是众多反基延组织中规模最大的一个，也是最极端的一个，强子就是其中的一员，但我没在电视中看到他。当时，医院外面的人群像愤怒的潮水。

“刚开过会，你知道公司的警告，再这样你的饭碗就没了。”我说。

“基延”是基因改造延长生命技术的简称，通过去掉人类基因中产生衰老时钟的片断，可将人类的正常寿命延长至300岁。这项技术在五年前开始商业应用，现在却演化为一场波及全世界的社会和政治灾难，原因是它太贵了，在这里，一个人的基延价格相当于一座豪华别墅，只有少数人能消费得起。

“我不在乎，”强子说，“对于一个连100岁都活不到的人来说，我在乎什么？”他说着点上一支烟，办公室里严禁吸烟，看来他是想表示自己真的不在乎。

“嫉妒，嫉妒是一种有害健康的情绪。”我挥手驱散眼前的烟雾说，“以前也有很多人因为交不起医疗费而降低寿命的。”

“那不一样，看不起病的人是少数，而现在，百分之九十九的人眼巴巴地看着百分之一的有钱人活300岁！我不怕承认嫉妒，是嫉妒在维护着社会公平。”他从办公桌上探身凑近我，“你敢拍胸脯说自己不嫉妒？加入我们吧。”

强子的目光让我打了个寒战，一时间我真怀疑他看透了我。是的，我就要成为一个他嫉妒的对象，我就要成为一个基延人了。

其实我没有多少钱，30多岁一事无成，还处于职场的最底层。但我是财务人员，有机会挪用资金。经过长期的策划，一切都已完成，现在我只要点一下鼠标，基延所需的那500万新人民币就能进入我的秘密账户，然后再转到基延中心的账户上。这方面我是个很专业的人，在迷宫般的财务系统中我设置了层层掩护，至少要半年时间，这笔资金的缺口才有可能被发现。那时，我将丢掉工作，将被判刑、被没收全部财产，将承受无数鄙夷的目光……

但那时的我已经是一个能活300岁的人了。

可我还在犹豫。

我仔细研究过法律，按贪污罪量刑，500万元最多判20

年。20 年后，我前面还有 200 多年的诱人岁月。现在的问题是，这么简单的算术题，难道只有我会做吗？事实上只要能进入基延一族，现有法律中除死刑之外的所有罪行都值得一犯。那么，有多少人和我一样处于策划与犹豫中？这想法催我尽快行动，同时也使我畏缩。

但最让我犹豫的还是简简，这已经是属于理性之外了。在遇到简简之前，我不相信世界上有爱情这回事；在遇到她之后，我不相信世界上除了爱情还有什么。离开她，我活两千年又有什么意思？现在，在人生的天平上，一边是两个半世纪的寿命，另一边是离开简简的痛苦，天平几乎是平的。

部门主管召集开会。从他脸上的表情我就能猜出来，这个会不是安排工作，而是针对个人。果然，主管说他今天想谈谈某些员工的“不能被容忍的”社会行为。我没有转头看强子，但知道他要倒霉了，可主管说出的却是另一个人的名字。

“刘伟，据可靠消息，你加入了 IT 共和国？”

刘伟点点头，像走上断头台的路易十六般高傲：“这与工作无关，我不希望公司干涉个人自由。”

主管严肃地摇摇头，冲他竖起一根手指：“很少有事情与工作无关的，不要把你们在大学中热衷的那一套带到职场上来，一个国家的人们可以在大街上骂总统那叫民主，但如果要是都不服从老板，那这个国家肯定会崩溃的。”

“虚拟国家就要被承认了。”

“被谁承认？联合国？还是某个大国？别做梦了。”

其实主管最后这句话中并没有多少自信。现在，人类社会拥有的领土分为两部分，一部分是地球各大陆和岛屿，另一部分则是互联网广阔的电子空间。后者以快百倍的速度重复着文明史，在那里，经历了几十年无序的石器时代之后，国家顺理成章地出现了。虚拟国家主要有两个起源，一是各种聚集了大量 ID 的 BBS，二是那些玩家已经上亿的大型游戏。虚拟国家有着与实体国家相似的元首和议会，甚至拥有只在网上出现的军队。与实体国家以地域和民族划分不同，虚拟国家主要以信仰、爱好和职业为基础组建，每个虚拟国家的成员都遍布全世界，多个虚拟国家构成了虚拟国际，现已拥有 20 亿人口，并建立了与实体国际对等的虚拟联合国，成为叠加在传统国家之上的巨大的政治实体。

IT 共和国就是虚拟国际中的一个超级大国，人口 8000 万，还在迅速增长中。这是一个主要由 IT 工程师组成的国家，有着咄咄逼人的政治诉求，也有着对实体国际产生作用的强大力量。我不知道刘伟在其中的公民身份是什么。据说 IT 共和国的元首是某个 IT 公司的普通小职员，相反，也有不止一个实体国家的元首被曝是某个虚拟国家的普通公民。

主管对大家进行严重警告，不得拥有第二国籍，并阴沉地让刘伟到总经理办公室去一趟，然后宣布散会。我们还没有从座位上起身，一直待在电脑屏幕前的郑丽丽让人头皮发炸地大叫起来，说出大事儿了，让大家看新闻。

我回到办公桌前，把电脑切换到新闻频道，看到紧急插播的重要新闻，播音员一脸阴霾，他宣布，在联合国否决 IT 共和国要求获得承认的 3617 号决议被安理会通过后，IT 共和国向实体国际宣战，半个小时前已经开始对世界金融系统的攻击。

我看看刘伟，他对这事好像也很意外。

画面切换到某个大都市，鸟瞰着高楼间的街道，长长的车流拥堵着，人们从车中和两旁的建筑物中纷纷涌出，像是发生了大地震一般。镜头又切换到一家大型超市，人群像黑色的潮水般涌入，疯狂地争抢货物，一排排货架摇摇欲坠，像被潮水冲散的沙堤……

“这是干什么？”我惊恐地问。

“还不明白吗？！”郑丽丽继续尖叫道，“要均贫富了！所有的人都要不名一文了！快抢吃的呀！！”

我当然明白，但不敢相信噩梦已成现实。传统的纸币和硬币已在三年前停止流通，现在即使在街边小货亭买盒烟也要刷卡。在这个全信息化时代，财富是什么？说到底不过是计算机存储器中的一串串脉冲和磁印。以这座华丽宏伟的写字楼来说，如果相关部门中所有的电子记录都被删除，公司的总裁即使拿着房产证，也没有谁承认他的所有权。钱是什么？钱不再是王八蛋了，只是一串比细菌还小的电磁印记和转瞬即逝的脉冲。对于 IT 共和国来说，实体世界上近一半的 IT 从业者都是其公民，抹掉这些印记是很容易的。

程序员、网络工程师、数据库管理员这类人构成了 IT 共和国的主体，这个阶层是 19 世纪的产业大军在 21 世纪的再现，只不过劳作的部分由肢体变成大脑，繁重程度却有增无减。在渺如烟海的程序代码和迷宫般的网络软硬件中，他们如 200 多年前的码头搬运工般背起重负，如妓女般彻夜赶工。信息技术的发展一日千里，除了部分爬到管理层的幸运儿，其他人的知识和技能很快过时，新的 IT 专业毕业生如饥饿的白蚁般成群涌来，老的人（其实不老，大多三十岁出头）被挤到一边，被代替、抛弃，但新来者没有丝毫得意，这也是他们中大多数人不算遥远的前景……这个阶层被称作技术无产阶级。

不要说我们一无所有，我们要把世界格式化！这是被篡改的国际歌歌词。

我突然像遭雷劈一样，天啊，我的钱，那些现在还不属于我，但即将为我买来两个多世纪生命和生活的钱，要被删除了吗?！但如果一切都格式化了，结果不是都一样吗？我的钱、我的基延、我的梦想……我眼前发黑，无头苍蝇般在办公室中来回走着。

一阵狂笑使我停下脚步，笑声是郑丽丽发出的，她在那里笑得蹲下了。

“愚人节快乐。”冷静的刘伟扫了一眼办公室一角的网络交换机说。我顺着他的目光看去，发现交换机和公司网络处于断开状态，郑丽丽的笔记本电脑接在上面，充当了服务器，这个婊子！为了这个愚人节笑话她肯定费了不少劲儿，主要是做那些新闻画面，但在这个一个人猫在屋里就能用3D软件做出一部大片的时代，这也算不了什么。

别人显然并不觉得郑丽丽的玩笑过分了，强子又用那种眼光看着我说：“咋了，这应该是他们发毛才对啊，你怕什么?”他指指高管们所在的上层。

我又出了一身冷汗，怀疑他是不是真看透我了，但我最大的恐惧不在于此。

世界格式化，真的只是IT共和国中极端分子的疯话？真的只是一个愚人节玩笑？吊着这把悬剑的那根头发还能支持多久？

一瞬间，我的犹豫像突然打开的强光灯下的黑暗那样消失了，我决定了。

晚上我约了简简，当我从城市灯海的背景上辨认出她的身影时，坚硬的心又软了下来，她那小小的剪影看上去那么娇弱，像一条随时都会被一阵微风吹灭的烛苗，我怎么能伤害她？！当她走近，我看到她的眼睛时，心中的天平已经完全倾向另一个方向，没有她，我要那200多年有什么用？时间真会抚平创伤？那可能不过是两个多世纪漫长的刑罚而已。爱情使我这个极端自私的人又崇高起来。

但简简先说话了，说出的居然是我原来准备向她说的话，一字不差："我犹豫了好长时间，我们还是分手吧。"

我茫然地问她为什么。

"很长时间后，当我还年轻时，你已经老了。"

我好半天才理解了她的意思，随即也读懂了她那刚才还令我心碎的哀怨目光，我本以为是她已经看透了我或猜到了些什么。我轻轻笑了起来，很快变成仰天大笑。我真是傻，傻得不透气，也不看看这是个什么时代，也不看看我们前面浮现出怎样的诱惑。笑过之后，我如释重负，浑身轻松得像要飘起来，不过在这同时，我还是真诚地为简简高兴。

“你哪来那么多钱？”我问她。

“只够我一个人的。”她低声说，眼睛不敢看我。

“我知道，没关系，我是说你一个人也要不少钱的。”

“父亲给了我一些，100 年时间是够的。我还存了一些钱，到那时利息应该不少了。”

我知道自己又猜错了，她不是要做基延，而是要冬眠。这是另一项已经商业化的生命科学成果，在零下 50 摄氏度左右的低温状态，通过药物和体外循环系统使人体的新陈代谢速度降至正常状态的百分之一，人在冬眠中度过 100 年，生理年龄仅长了一岁。

“生活太累了，也无趣，我只是想逃避。”简简说。

“到一个世纪后就能逃避吗？那时你的学历已经不被承认，也不适应当时的社会，能过得好吗？”

“时代总是越来越好的，实在不行我到时候再接着冬眠，还可以做基延，到那时一定很便宜了。”

我和简简默默地分别了。也许，一个世纪后我们还能再相会，但我没向她承诺什么，那时的她还是她，但我已经是一个经历了 130 多年沧桑的人了。

简简的背影消失后，我没再犹豫一刻，拿出手机登录到网银系统，立刻把那 500 万元新人民币转到基延中心的账户上。

虽然已近午夜，我还是很快收到了中心主任的电话，他说明天就可以开始我的基因改良操作，顺利的话一周就能完成。他还郑重地重复了中心的保密承诺（身份暴露的基延族中，已经有三人被杀）。

“你会为自己的决定庆幸的，”主任说，“因为你将得到的不止是两个多世纪寿命，可能是永生。”

我明白这点，谁也不知道两个世纪后会出现什么样的技术，也许，到时可以把人的意识和记忆复制出来，做成永远不丢失的备份，随时可以灌注到一个新的身体中；也许根本不需要身体，我们的意识在网络中像神一般游荡，通过数量无限的传感器感受着世界和宇宙，这真的是永生了。

主任接着说：“其实，有了时间就有了一切，只要时间足够，一只乱敲打字机的猴子都能打出莎士比亚全集，而你有的是时间。”

“我？不是我们吗？”

“我没有做基延。”

“为什么？”

对方沉默良久后说：“这世界变化太快了，太多的机会、太多的诱惑、太多的欲望、太多的危险，我觉得头昏目眩的，毕竟岁数大了。不过你放心，”他接着说出了简简那句话，

“时代总是越来越好的。”

现在，我坐在自己狭小的单身公寓中写着这篇日记，这是我有生以来记的第一篇日记，以后要坚持记下去，因为我总要留下些东西。时间也会让人失去一切，我知道，长寿的并不是我，两个世纪后的我肯定是另一个陌生人了，其实仔细想想，自我的概念本来就很可疑，构成自我的身体、记忆和意识都是在不断的变化中。与简简分别之前的我，以犯罪的方式付款之前的我，与主任交谈之前的我，甚至在打出这个“甚至”之前的我，都已经不是同一个人了，想到这里我很释然。

但我总是要留下些东西。

窗外的夜空中，黎明前的星星在发出它们最后的寒光，与城市辉煌的灯海相比，星星如此暗淡，刚能被辨认出来，但它们是永恒的象征。就在这一夜，不知有多少与我一样的新新人类上路了，不管好坏，我们将是第一批真正触摸永恒的人。

命运

我们是在距地球180万公里处发现那颗小行星的，它的直径约有10公里，呈不规则的椭圆形。它缓缓地转动着，表面的许多小切面反射着阳光，像是一眨一眨的眼睛。飞船上的计算机显示，它的轨道与地球相交，再过18天，这块太空巨石就要落在墨西哥湾附近了！

地球的监视系统应该在一年前就注意到它了，但我们没有听到过任何这方面的消息。我们同地球联系，在应有的5秒钟延时后，耳机中仍是一片寂静。我们又试了多次，没有收到任何回答，仿佛整个人类世界都休克了，而就在10分钟前我们还与地球通过话。这件事比小行星的出现更令我们震惊。

20天前，我和爱玛租了这艘小飞船在太空中度蜜月，这是一艘老式的传统动力飞船，在宇宙航行的时空跃迁时代，这个蜗牛一般慢的老古董显得很浪漫，很有情调。我们游览了同步轨道上的太空城，又到月球上旅行，接着从月球又向外飞了100多万公里，整个行程如田园牧歌般浪漫而顺利。但就在我们即将返回时，一切突然变得如此诡异。

但那颗小行星就在我们前方50公里处，凸现在太空漆黑的背景上，像放在黑天鹅绒上的展品那样现实，我确信自己不是在噩梦中。

“我们得做些什么！”我说。

同以前一样，一旦我做出行动的决定，爱玛总能想出行动的细节：“我们可以把飞船上的一台发动机向它发射出去，这样可以把它炸离轨道。”

计算机的模拟表明这是可行的，但必须在24分钟内完成，如果小行星再向前运行一段的话就晚了。

我们没有再犹豫，驾驶飞船与小行星拉开100公里的安全距离，然后向计算机发出指令。飞船尾部的一台发动机与船体脱离，我们透过舷窗，看着那个小小的圆柱体尾部喷出一道淡蓝色火焰向小行星方向飞去，火焰很快变成了一颗闪耀的小星星，我们屏住呼吸看着它撞到那块太空中飘浮的巨石上。一道强光闪过后，从小行星上出现了一个火球，飞快膨胀，仿佛是前方太空中突然出现了一个向我们猛扑过来的太阳。就在这火球似乎要把我们的飞船吞没之际，它停止了膨胀，急剧缩小并消失了。小行星又在太空中显现出来，可以清楚地看到，爆炸的发动机在它上面炸出了一个凹坑，按比例看坑的直径至少有3000米。有许多小光点从小行星上放射状地飞散，那是被炸飞的岩石碎片，其中一片从飞船很近处掠过。这时，计算机正在对小行星的轨道进行重新测定，我们紧张地等待着。

“变轨成功，小行星将不会撞击地球表面，它将在58037公里轨道被地球捕获，成为一颗地球卫星。”

我和爱玛激动地拥抱。“飞船租赁公司会让我们赔发动机吗？”爱玛半开玩笑地问。

“他们敢向救世主提出这个要求？再说，我们拥有这颗小行星的所有权，上面的矿藏会使我们成为亿万富翁的！”

带着救世主的喜悦和自豪，我们用剩下的一台发动机向地球飞去。但再次同地球联系，仍没有回音，这使我们的心又悬了起来，实在想象不出我们的世界究竟发生了什么事。

由于只有一台发动机，我们的飞船加速很慢，小行星超过了飞船，很快消失在地球方向。一直在屏幕前观察小行星的爱玛突然惊叫起来：

“天啊，地球！你看地球！！”

我向地球方向看去，在这个距离上，它只有棒球大小，看着那个晶莹的蓝色球体，我没发现有什么异常。爱玛让我看屏幕上放大的图像，我扫了一眼后立刻大惊失色：地球上的大陆都变成了我从未见过的形状。

我们向计算机求助，得到了这样的回答："我们现在看到的，是白垩纪晚期地球的大陆形状和分布，其中最大的那一块就是冈瓦纳古陆。"

"白垩纪？距现在有多长时间?!"

"约6500万年。不过您的问题的提法可能有误，各种迹象表明，现在就是白垩纪了。"

计算机是对的，我们现在明白了为什么地球方向一片寂静，因为人类还没有出现。

在我们的时代，人类利用时空跃迁方式进行恒星际的航行，恒星际飞船每次发射都在发射点留下了一个或几个时空蛀洞，这些蛀洞飘浮于地球周围的太空中，如果行星际飞船不慎误入它，则会在瞬间被抛到几万光年的远方，时间也会向前或向后跳跃很漫长的一段。后来，经过改进的恒星际飞船留下的蛀洞消除了空间性质，只有时间性质，也就是说，通过这样一个蛀洞，你的空间位置不会改变，但会产生时间跳跃。这种蛀洞的危险性大大减小，如果不慎误入它，只要沿原航线回航，从相反的方向再次通过它，就会精确地回到原来的时间。

我们就是误入了这样一个时间蛀洞，当时竟丝毫没有感觉到。

误入时间蛀洞的事故时有发生，但向后跳跃的飞船都返回了，其中有一艘行星采矿飞船竟跳跃到了寒武纪，宇航员们看到了一个发着暗红色光芒的地球，海洋还没有出现，陆地上岩浆横流。跳跃到未来的飞船都没有回来，这倒使现在的人们很乐观地期待一个美好的未来。

但地球政府最关心的还是向过去的跳跃。有严格的法令规定误入蛀洞的飞船必须返回，如果因蛀洞飘移而回不来的（这种情况发生的概率很小），必须航行到距地球足够远的太空中自毁，避免改变地球历史。

“天啊，我们都干了些什么?!”爱玛惊叫道，我的心也一下子沉到了底，转眼间，我们由救世主变成了魔鬼。

“不要怕亲爱的，并不是每一个微扰动都能触发蝴蝶效应。”我安慰她。

“微扰动？我们干的事还叫微扰动吗?”她突然想起了什么，问计算机，“这是白垩纪晚期?”

计算机给了肯定的回答，我们都明白，刚才我们推开的，就是毁灭恐龙的那颗小行星。

沉默了好一阵，爱玛低声说：“我们回去吧。”于是我们调转航向，使飞船精确地沿原航线驶去。

“回去干什么？接受审判吗？”我叹口气说。

“那是最好的结果，如果真的还有审判者，还有人类，我们死也安心了。”

我笑着摇摇头：“你的担心是多余的，爱玛，你想过没有，为什么人类文明领先于地球上的其他物种那么远？为什么像蚂蚁或海豚之类的动物，虽然也有一定的社会结构或智能，但其文明程度连我们的零头都达不到？要知道，物种进化的机会是均等的。”

“为什么呢？”

“因为人类是万物之灵，宇宙选择了我们。我们的文明发展到现在，这个自信是应该有的！我们将要返回的世界也许与来时有所不同，但人类肯定会有，文明也会有！”

爱玛也笑了一下，“我忘了，你是人择原理的信奉者，”她在胸前画了一个十字，“但愿如此吧。”

再次穿过时间蛀洞时我们感觉到了，宇宙消失又出现，这过程极其短暂，像是太空眨了一下眼，难怪上次穿过时我们没有觉察到。在穿过蛀洞的一瞬间，一直寂静无声的地球方向立刻传来了嘈杂的无线电信号，但我们的兴奋马上转为失望，那些信号听上去是一阵阵低沉的鸣叫声，我们和计算机都完全无法理解。我们向地球呼叫，仍然没有回答。再看监视屏上的地球图像，大陆又恢复成我们熟悉的形状，这使我多少松了一口气：如果真有蝴蝶效应，也不会是天翻地覆的。

我们的小飞船用仅有的一台发动机向地球飞去，两天后进入近地轨道。飞船上剩下的燃料刚够我们完成降落。我们降落在靠近澳洲的太平洋上，飞船很快沉了下去，我们靠一个小救生筏浮在海面上。这时正是凌晨，太阳还没有升起来，我四下看看，海是熟悉的海，天是熟悉的天，这世界似乎没什么变化。

我们在海上漂了半个小时后，远远看到了一艘大船，我们打信号弹呼救，那船便向这个方向驶来。

“啊，真的还有人类！”爱玛喊道，眼中涌出激动的泪花。

“我说过人类是万物之灵，总会登上地球文明之巅的。”我说。

“但现在的世界肯定不是我们出发时的世界了，看那船的样子，人类可能还没有进入技术时代呢。”爱玛有些恐惧地说。

那艘船的外形很古老，绝不是我们生活过的现代世界的船只，但这并不意味着这个世界在技术上落后，我注意到那船没有帆，不知它用的是什么动力。

大船驶到我们近前，停了下来，从船舷上抛下一个绳梯，我和爱玛沿梯爬上了船。我们看到船员都皮肤黝黑，看不出是什么人种，他们穿着粗糙的、很有沧桑感的衣服。我向他们说话，他们不回答，其中一位示意我们跟他走。

我们沿着长长的台阶登上了船中央的一个塔形建筑，这里是全船的制高点。那名船员把我们领到一位体格强壮、有着银色胡须的老人面前。老人向我们说了一句话，我们听不懂他的语言，但我戴在胸前的计算机听懂了，它说：“这是一种类似于古拉丁语的语言，虽有些差别，但可以理解，意思是，这是我们的船长。”船长也向我们说了一句话，计算机翻译道：“你们怎么敢独自在海里漂？不怕被吃掉吗?!”

“吃掉？被什么?”我不解地问，计算机把我的话翻译过去。

船长指指前面的海面，这时太阳已升了起来，海面上薄薄的晨雾散射出一片黄色的阳光。这时我看到，刚才还十分平静的海面上涌现出一个个大浪包，浪包很快破裂，一头体形巨大的怪兽跃出海面，接着又钻出一头，随着哗哗的水声，海面上很快出现了一大群怪兽。现在，我和爱玛都明白了我们在约6500万年前干的那件事的后果。

恐龙一直活到现在。

一只恐龙向我们的船游来，在船边停住了，它那巨大的身躯如同一座可怖的山峰，我们都处于这山峰的阴影中，在那灰色的滑腻皮肤下，我看到了纵横交错的黑色血脉，像缠绕在那灰色山峰上的藤蔓。恐龙粗大的脖颈向前探出，它那巨大的头颅就悬在我们上方，海水像暴雨般从上面泻到甲板上，那一双巨大的怪眼直勾勾地盯着我们，在那阴冷的目光下我们的血液几乎凝固了。爱玛浑身颤抖着紧紧贴住我。

“不要怕，它不会伤人的，这儿是动物园。”船长说。

果然，这条恐龙盯着我们看了一会儿，转身游走了，它激起的涌浪轰轰地拍打着船帮，使船摇晃起来。这时我们看到远方的海面上也有一条这样的大船，有两只恐龙正向那条大船游去。

“你们驯化了恐龙?！真了不起！”爱玛兴奋地说。

我也十分激动：“是啊，我们原以为，恐龙生存下来会对人类的进化造成威胁，现在看来这反而使人类文明更加强大！”

爱玛点点头：“是啊！恐龙为人类工作显然比牛和马强多了，它们可以不费劲儿地搬走一座小山呢！亲爱的，你说得对，人真是万物之灵！从此以后，我也是人择原理的信奉者了！”

计算机把我们的话都翻译了，船长呆呆地看着我们，似乎有些迷惑。“这儿是动物园，它们不伤人的。”他又喃喃地说。

这时我又有了一个惊人的发现：在天海连线处，有一片高大的柱状物，那些巨柱的高度是惊人的，白色的云层在它们的半腰处飘浮。我们从这里看去，像是蚂蚁看着一片大森林，我问船长那是什么。

“楼群，岸上的高楼群。”船长淡淡地说。

“天啊，那楼有多高?”爱玛惊叫道。

“有一万个你这么高吧。”船长说。

“一万多米的高楼？那楼有几千层吧?”我问。

船长摇摇头：“不，只有百层左右。”

“那每层就有上百米高?!那是多么宏伟的宫殿!”爱玛由衷地赞叹着。

“伟大的文明，伟大的人类文明!!”我欢呼起来。

“那些高楼是游客建的。”船长说。

“游客？是啊，您说这里是动物园，可是游客吗，你们显然不是游客。”我问。

“可能是时间还早，动物园还没有开门吧。”爱玛说。

船长用惊诧的目光看看我们，又转头看看远处海面上那些恐龙。他这个动作使我们有了一种不祥的感觉，面前这些人类的这种木讷的表情也使我们迷惑。这时，从那群恐龙那边发出了一阵吼叫声，这声音我们感觉很熟悉，这是我们在太空中从地球发出的无线电波里听到的声音；再看看那上万米高的巨楼，我的脑海中炸响了一声惊雷，爱玛在旁边惊叫一声瘫倒在地，她也一定同我一样明白了这一切。

宇宙并没有选择人类，在我们的时间里人类文明在地球上达到巅峰，不过是一次偶然的机遇，而我们以人类的自负把偶然当成了必然。现在，大自然掷出的进化硬币翻到了另一面。

我们确实处于地球文明的动物园里，但恐龙是游客。

我两腿一软，与爱玛一起跌坐在甲板上，眼前的世界一片漆黑，只听到计算机在翻译船长的话：

“你们的长相很精致，与我们在一起吧，你们会被批准成为观赏人的。”

“观赏人？”我木然地问，眼前的世界渐渐清晰起来，又看到了海天连线处的巨城，听到爱玛喃喃地说：“不，我想上岸……”

“你疯了?！上岸后你们会成为菜人的！”

“菜人?”

“就是作为食品的人，那座城市每天要供应几千名菜人呢！只有在动物园中做观赏人，才不会被吃掉，这是所有人追求的目标。”

这时，整个世界似乎变成了一座阴森的冰窖，我们彻底绝望了。我已失去了活下去的信心，开始打算怎样结束自己的生命，爱玛却突然用手指向天空，高声说：“看！”

那是一颗明亮的星星，它刚才隐没于朝阳的光芒中，现在才可以看清。它的运行速度很快，在空中可以明显地看出它在动，仔细看看，它不只是一个光点，还显出一定的大小。

“那是魔星，”船长说，“游客中的一位科学家说，它们对它进行了仔细的研究，确定那颗星在很久很久以前是直冲地球而来的，救世主用一次强烈的爆炸推开了它，使游客们的先祖免遭灭绝，现在，在魔星的表面上还留下一个爆炸产生的凹坑。看那儿……”船长指指远方的巨城，指向城中最高大的一幢尖顶巨楼，“那就是大教堂，游客们在里面朝拜救世主。”

“你们知道我们的来历吗？”

船长摇摇头，他不感兴趣，好奇心只属于巅峰物种，他们没有任何好奇心，就像在我们的世界里蚂蚁和蜜蜂没有好奇心一样。

我说，对爱玛又对自己，可能还对这些不可能理解我的人：“进化的命运是冷酷的，人类曾经生在幸运中而不知幸运，但现在，比起蚂蚁和蜜蜂来，我们仍有更多的机会，我们应该抓住这些机会，不向命运屈服。”

爱玛说：“是的，我们既然已经无意中改变过地球历史，那就再改变一次吧。”

我看看远方那耸入云霄的大教堂，然后指着海面上的恐龙群问船长："它们……那些游客，很崇拜救世主，是吗？"

船长点点头："对它们来说，救世主是至高无上的。"

我和爱玛通过视网膜屏幕接通了胸前的计算机，检索飞船的航行记录，发现我们在约6500万年前改变小行星轨道的过程，包括数据和图像，都被完整地记录下来。

"你会讲它们的语言吗？"爱玛问船长，后者点点头。

"那好，"我说，"告诉它们，我们就是推开魔星的救世主，我们可以向它们出示确切的证据。"

船长和船员们呆呆地看着我们。

"快一些！以后我再告诉你们人类的另一个故事，现在请快一些把我的话告诉它们！"

船长双手在嘴边围成喇叭状，向那些恐龙喊了起来，比起恐龙的吼叫，他的声音纤细而微弱，很难相信这是同一种语言。

但那群恐龙同时停止了戏耍，一起向我们转过头来，接着，向我们的大船游过来。

光荣与梦想

被推迟的奥运会

晨光已照亮了半个天空，西亚共和国的大地仍然笼罩在黑暗中，仿佛刚刚逝去的夜凝成了一层黑色的沉积物覆盖其上。

格兰特先生开着一辆装满垃圾的小卡车，驶出了联合国人道主义救援基地的大门。基地雇用的西亚工人都走光了，这几天他们只好自己倒垃圾，不过这也是最后一次了，明天，他们这些联合国留在西亚的最后一批人员将撤离，后天或更晚一些时候，战争将再次降临这个国家。

格兰特把车停到不远处的垃圾场旁边，下车后从车上抓起一个垃圾袋扔了出去，当他抓起第二个时，举在空中停了几秒钟，在这一片死寂的世界中，他看到了唯一活动的东西，那是地平线上的一个小黑点儿，它微微跃动着，仿佛时时在否认着自己是这黑色大地的一部分，在晨光白亮的背景上像一个太阳黑子。

一阵声响把格兰特的注意力拉回近处，他看到几个黑乎乎的影子移向他刚扔下的垃圾袋，像是地上的几块石头移动起来。那是几名每天必来的拾荒者，男女老少都有。这个被封锁了 17 年的国家已在饥饿中奄奄一息。

格兰特抬起头，已能够分辨出那个远方的黑点是一个跑动的人体，在又亮了一些的晨光背景上，他这时觉得那个黑点像一只在火焰前舞动的小虫。

这时拾荒者中出现了一阵骚动，有人拾到了半截香肠，他飞快地把香肠塞进嘴里，忘情地大嚼着，其他人呆呆地看着他，这让他们静止了几秒钟，但也只有几秒钟，他们紧接着又在撕开的垃圾袋中仔细翻找起来。在他们已被饥饿麻木的意识中，垃圾中的食物比即将升起的太阳更加光明。

格兰特再次抬起头，那个奔跑者更近了，从身材上可以看出是个女性，她体形瘦削，在格兰特的第三个印象中，她像一株在晨光中摇曳的小树苗。当她近到喘息声都能听到时，仍听不到脚步声。她跑到垃圾堆旁，腿一软跌坐在地。这是一个十几岁的女孩子，皮肤黝黑，穿着破旧的运动背心和短裤。她的眼睛吸引了格兰特，那双眼睛在她那瘦小的脸上大得出奇，使她看上去像某种夜行的动物，与其他拾荒者麻木的眼神不同，这双眼睛中有某种东西在晨光中燃烧，那是渴望、痛苦和恐惧的混合，她的存在都集中在这双眼睛上，与之相比那小小的脸盘和瘦成一根的身躯仿佛只是附属在果实上枯萎的枝叶。她脸色苍白地喘息着，听起来像远方的风声，她的嘴上泛着一层白色的干皮。一名拾荒者冲她嘀咕了句什么，格兰特努力抓住这句西亚语的发音，大概听懂了：

“辛妮，你又来晚了，别再指望别人给你留吃的！”

叫辛妮的女孩子把平视的目光下移到撕开的垃圾袋上，很吃力，仿佛那无限远方有什么东西强烈地吸引着她。但饥饿感很快显现出来，她开始与其他人一样从垃圾里找吃的。现在，剩余的食物几乎已被拾完了，她只找到一个开了口的鱼罐头盒，抓出里面的几根鱼骨嚼了起来，然后吃力地吞下去，她想再次起身去寻找，却昏倒在垃圾堆旁。格兰特走过去把她抱起来，她的浸满汗水的身体轻软得令人难以置信，仿佛是一条放在他手臂和膝盖上的布袋。

“是饿的，她多次这样了。”有人用很地道的英语对格兰特说。格兰特把辛妮轻轻地放在地上，站起身从驾驶室中拿出了一瓶牛奶蹲下来喂她，辛妮昏迷中很快感到了牛奶的味道，大口喝了起来。

“你家在哪里?”看到辛妮稍微清醒了些，格兰特用生硬的西亚语大声问。

“她是个哑巴。”

“她住的离这儿很远吗?”格兰特抬头问那个说英语的拾荒者，他戴着眼镜，留着杂乱的大胡子。

“不，就住在附近的难民营，但她每天早晨都要从这里跑到河边，再跑回来。”

“河边?!那来回……有10多公里呢！她神志不正常?”

“不，她在训练。”看到格兰特更加迷惑，拾荒者接着说，“她是西亚共和国的马拉松冠军。”

“哦……可这个国家，好像有很多年没有全国体育比赛了吧?”

“反正人们都是这么说的。”

辛妮已经缓了过来，自己拿着奶瓶在喝剩下的奶。蹲在她旁边的格兰特叹息着摇摇头说：“是啊，哪里都有生活在梦想中的人。”

“我就曾是一个。”拾荒者说。

“你英语讲得很好。”

“我曾是西亚大学的英美文学教授，是17年的制裁和封锁让我们丢失了所有的梦想，最后变成了这个样子。”他指指那些仍在垃圾中翻找的其他拾荒者说，辛妮的晕倒似乎没有引起他们的注意，“我现在唯一的梦想，就是你们把喝剩的酒也扔一些出来。”

格兰特悲伤地看着辛妮说：“她这样会要了自己的命的。”

“有什么区别？”英美文学教授耸耸肩不以为然地说，“两三天后战争再次爆发时，你们都走了，国际救援断了，所有的路也都不通了，我们要么被炸死，要么被饿死。”

“但愿战争快些结束吧，我想会的，西亚的人民已经厌战了，这个国家已经是一盘散沙。”

“那倒是，我们只想有饭吃，活下去，你看他，”教授指指一个在垃圾堆中专心翻找的头发蓬乱的年轻人，“他就是个逃兵。”

这时，仍然靠在格兰特臂弯中的辛妮抬起一只枯瘦的手臂指着不远处联合国救援基地的那几幢白色的临时建筑，用两手比画着。“她好像想进去。”教授说。

“她能听到吗？”格兰特问，看到教授点点头，他转向辛妮，一只手比画着，用生疏的西亚语对她说，“你不能，不能进去，我再给你，一些吃的，明天，不要来了，明天我们走了。”

辛妮用手指在沙地上写了几个西亚文字，教授看了看说：“她想进去在你们的电视上看奥运会开幕式。”他悲哀地摇摇头，“这孩子，已不可救药了。”

“奥运会开幕推迟了一天。”格兰特说。

“因为战争？”

“怎么？你们什么都不知道?!”格兰特吃惊地看看周围的人说。

“奥运会与我们有什么关系？”教授又耸耸肩。

这时，一阵嘶哑的引擎声打断了他们的对话，一辆只有在西亚才能看到的旧式大客车从公路上开了过来，停在垃圾场边上，车上跳下一个人，看上去50多岁，头发花白，他冲这一群人大喊：“辛妮在这儿吗？威弟娅·辛妮！”

辛妮想站起来，但腿一软又跌坐在地，那人走过来看到了她：“孩子，你怎么成了这个样子？还认识我吗？”

辛妮点点头。

“你们是哪儿的？”教授看看那人问。

“我是克雷尔，国家体育运动局局长。”那人回答说，然后把辛妮从地上扶起来。

“这个国家还有体育运动局？”格兰特惊奇地问。

克雷尔手扶辛妮，看着初升的太阳一字一顿地说：“西亚共和国什么都有，先生，至少将会什么都有的！”说完，扶着辛妮向大客车走去。

上车后，看着软瘫在破旧座椅上的辛妮，克雷尔回忆起一年前他与这个女孩子相识的情景。

那个傍晚，克雷尔下班后走出体育运动局那幢陈旧的三层办公楼，疲惫地拉开他那辆老伏尔加的车门，有人从后面抓住了他的胳膊，一回头他看到了辛妮。她冲他比画着，要上他的车，他很惊奇，但她那诚挚的目光让人信任，于是就让她上了车，并按她指的方向开。

“你，哦，你是西亚人吗？”克雷尔问，他的问题是有道理的，长期进行某些体育项目训练的人，会给自己留下明显的特征，这特征不仅仅是在身型上，还有精神状态上。虽然辛妮穿着西亚女性常穿的宽大的长衫，克雷尔专家的眼睛还是立刻看出了她身上的这种特征，但克雷尔不相信，在这个已十几年处于贫穷饥饿状态的国家里，还有人从事那种运动。

辛妮点点头。

车在辛妮的指引下开到了首都体育场，下车后，辛妮在地上写了一行字：“请您看我跑一次马拉松！”在体育场跑道的起点，辛妮脱下了长衫，露出她后来一直穿着的旧运动衫和短裤。当克雷尔示意计时开始后，她步伐轻捷地跑了起来，这时克雷尔已经确信，这孩子是一块难得的长跑好材料，这反而使他的心头涌上一阵悲哀。

这座能够容纳 8 万人的西亚共和国最大的体育场现在完全荒废了，杂草和尘土盖住了跑道，西边有一个大豁口，是在不知哪年的空袭中被重磅炸弹炸开的，残阳正从豁口中落下，给体育场巨大阴影上方的看台投下一道如血的余晖。

战前，西亚共和国的体育曾有过辉煌的时代，但 17 年前的那场战争以及随后延续至今的封锁和制裁，使得体育在这个国家成了一种巨大的奢侈。国家对体育的投入已压缩到最小，仅仅是为了能零星派出几名运动员参加国际比赛，以满足对外宣传的需要。但近年来，随着这个国家生存环境的日益严酷，这一点投入也没有了，运动员们都不知流落何处，国家体育运动局仅剩四名工作人员，随时都可能被撤销。

夕阳在西方落下，一轮昏黄的满月又从东方升起。辛妮在一圈又一圈地奔跑着，时而没入阴影，时而跑进如水的月光中，在这如古罗马斗兽场遗址般荒凉的巨大废墟中，回荡着她那轻轻的脚步声。克雷尔觉得，她是来自过去美好时代的一个幻影，时光在这月光下的废墟中倒流，一丝早已消逝的感觉又回到克雷尔的心中，他不由泪流满面。

当月光照亮了大半个体育场时，辛妮跑完了第一百零五圈，到达了终点。她没有去做缓解运动，只是远远地站在那里静静地看着克雷尔，月光下，她很像跑道上一尊细长的雕像。

“两小时十六分三十秒，考虑场内和场外道路的差别，再加三分钟，仍是迄今为止全国最好的成绩。”

辛妮笑了一下。马拉松运动员的特点之一就是表情呆滞，这是他们在训练和比赛中长时间忍受单调的体力消耗的缘故，但克雷尔发现辛妮月光中的笑很动人，但这笑容却像一把刀子把他的心割出血来。他呆立着，使自己也变成了另一尊雕像，直到辛妮的喘息声像退潮的海水般平息后，他才回过神来，把手表戴回腕上，低声说：

“孩子，你生错了时候。”

辛妮平静地点点头。

克雷尔弯腰拾起地上的长衫，走过去递给辛妮：“我送你回家吧，天黑了，你父母不放心的。”

辛妮比画着，克雷尔看懂了，她说自己没有父母，也没有家。她接过衣服，转身走去，很快消失在体育场巨大的阴影中。

大客车向市郊方向驶去，辛妮在座椅上绵软无力地随着颠簸摇晃，疲乏和虚弱令她昏昏欲睡，但后座上一个人的一句话使她猛醒过来。

“萨里，你是怎么把自己搞到监狱里去的？”

辛妮直起身向后看，看到了那个被叫作萨里的人。她立刻认出了他，但无论如何也不会相信眼前这个可怜的家伙曾是西亚共和国最耀眼的体育明星。亚力克·萨里是西亚在封锁期间在国际大赛中获得奖牌的三个运动员之一，他曾在四年前的世界射击锦标赛上获得男子飞碟双向射击的金牌，成为全国的英雄，辛妮仍清楚地记得他乘敞篷汽车通过中心大街时那光辉的形象。眼前的萨里骨瘦如柴，苍白的脸上有好几道伤疤，他裹着一件肮脏的囚服，在这并不寒冷的早晨瑟瑟发抖。

克雷尔说：“他去做一个走私集团头目的保镖，人家看上了他的枪法。”

“我不想饿死。”萨里说。

“可是你差点儿被饿死，在自由公民都吃不饱的今天，监狱里会是什么样子？那里每天都有人饿死或病死，我看你也差不多了。”

“局长先生，您把我保释出来确实救了我一命，可这是为什么？我们这是去哪儿？”

“去机场，至于去干什么我也不知道，我们只是奉命召集各个运动项目原国家队的队员。”

车停了，又上来好几个人，与大部分西亚人一样，他们都面黄肌瘦，衣服破旧，有人在不停地咳嗽，饥饿和贫穷醒目地写在他们的脸上。与一般人不同的是他们都个子很高，这高大的身材更增加了他们的憔悴感，他们在车里弯着腰，像一排离水很久的大虾。辛妮很快认出他们都是原国家男篮的球员。

“嗨，各位，这些年过得怎么样?”克雷尔向他们打招呼。

“在我们有力气给您讲述之前，局长先生，先让大家吃一顿早餐吧!”“是啊，作为高级官员您体会不到挨饿的滋味，到现在您还在吃体育，可我们吃什么呢？我们一天的配给，只够吃一顿的。”“就这一顿也快没有了，人道主义救援已经停止了!”“没关系，再等等吧，战争一爆发，黑市上就又有人肉卖了!”……

就在男篮队员们七嘴八舌诉苦的时候，辛妮挨个打量他们，发现她最想见的那个人没有来，克雷尔代她提出了这个问题：“穆拉德呢?”对，加里·穆拉德，西亚共和国的“乔丹”。

“他死了，死了有半年了。”

克雷尔好像并不感到意外：“哦……那伊西娅呢?”辛妮

努力回忆这个名字，想起她是原国家女篮队员，穆拉德的妻子。

“他们死在一起了。”

“天啊，这是怎么了？”

“您应该问问这世道是怎么了……他们和我们一样，除了打球什么都不会，这些年只有挨饿，可他们不该要孩子，那孩子刚出生局势就恶化了，配给又减少了一半，孩子只活了三个月，死于营养不良，或者说是饿死的。孩子死的那天晚上，他们闹到半夜，吵一会儿，哭一会儿，后来安静下来，竟做起饭来，然后两人就默默地吃饭，终于吃了这些年来的第一顿饱饭，您知道他们的饭量，把后半个月的配给都吃光了。天亮后，邻居发现他们不知吃了什么毒药一起死在床上了。”

一车人陷入沉默，直到车再次停下又上来一个人时，才有人说：“哇，终于见到一个不挨饿的了。”上来的是一位娇艳的女郎，染成红色的头发像一团火，描着很深的眼影和口红，衣着俗艳而暴露，同这一车的贫困形成鲜明对比。

“大概不止吃饱吧，她过得好着呢！”又有人说。

“也不一定，现在首都已成了一座饥饿之城，红灯区的生意能好到哪里去？”

“噢，不，穷鬼，”女郎冲说话的人浪笑了一下说，“我主要为联合国维和部队服务。”

车里响起了几声笑，但很快被一阵剧烈的咳嗽声淹没了。

“莱丽，你应该多少知道些廉耻！”克雷尔厉声说。

“噢，克雷尔大叔，不管有没有廉耻，谁饿死后身上都会长出蛆来。”女郎不以为然地挥挥手说，在辛妮身边坐了下来。

辛妮瞪圆双眼盯着她，天啊，这就是温德尔·莱丽?！这就是那个曾获得世界体操锦标赛铜牌的纯美少女，那朵光彩照人的西亚体育之花?！

剩下的路程是在沉默中走完的，20分钟后，汽车开进了首都机场的停机坪，已经有两辆大客车先到了，它们拉来的也都是前国家队的运动员，加上这辆车，共有70多人，这其中包括一支男子篮球队、一支男子足球队和11个其他竞赛项目的运动员。

跑道的起点停着一架巨大的波音客机，在西亚领空被划为禁飞区的10多年里，它显然是这个机场降落过的最大和最豪华的飞机。克雷尔领着西亚共和国的运动员们来到飞机前面，从舱门中走出几位西装革履的外国人，当他们走到舷梯中部时，其中一位挥手对下面的人群大声说了一句什么，运动员们吃惊地认出，这人是国际奥林匹克委员会主席，但最让他们震惊的还是克雷尔翻译过来的那句话：

“各位，我代表国际社会到西亚共和国来，来接你们参加第二十九届奥运会！”

北京

原来北京是这样的！

当车队进入市区后，辛妮感叹。这个遥远的城市本来与她——一个身处西亚共和国的贫穷饥饿的女孩子没有任何关系的，但奥运会在几年前就使北京成为她心中的圣地。辛妮对北京了解很少，仅限于小时候看过的一部色彩灰暗的武侠片，在她的想象中，北京是一座古老而宁静的城市，她无法把这座城市与宏大壮丽的奥运会联系起来。她无数次梦到过奥运会和北京，但两者从未在同一个梦中出现过，在一些梦里，她像飞鸟般掠过宏伟的奥运赛场上的人海，在另一些梦里她则穿行于想象中的北京那些迷宫般的小胡同中和旧城墙下，寻找着奥运赛场，但从来没有找到过。

辛妮瞪大双眼看着车窗外，寻找她想象中的胡同和城墙，但映入她眼帘的是一片崭新的现代化高层建筑群，这林立的高楼在阳光下发出耀眼的白光，像刚开封的新玩具，像一夜之间冲天长出的白嫩的巨大植物。这时，在辛妮的脑海中，奥运会和北京才完美地结合起来。

到达新世界的兴奋感像云缝中的太阳露了一下头，在辛妮的心中投下一线光亮，但阴郁的乌云很快又遮盖了一切。

与世界各大媒体想当然的报道不同，当西亚共和国的运动员们得知自己将参加奥运会时，并没有什么兴奋和喜悦。像其他西亚人一样，10 多年的苦难使他们对命运不抱任何幻想，使他们对一切意外都带有一种麻木的冷静，不管这意外是好是坏，他们所做的第一件事就是收紧外壳保护自己。在得知这个消息后，甚至没有人提出问题，就连那些理所当然的问题，如没参加过任何预选赛如何进入奥运会，都没有人提出。他们只是默默地走上飞机，麻木而又敏感地静观着事情的发展。

辛妮走进空荡荡的宽敞机舱后，找了一个靠窗的座位坐下，并一直注意着这里发生的事。她看到国际奥委会主席把克雷尔和西亚代表团的几位官员召集到一等舱中去，一个多小时过去了，还没有任何动静。运动员们也在沉默中静静地等待，终于看到克雷尔走了出来。他没有说什么，只是拿着一张纸核对名单。几十双眼睛都盯着他的脸看，那是一张平静的脸。这平静是第一个征兆，它告诉辛妮：事情不对。很快，她那敏感的眼睛又发现了第二个征兆：克雷尔拿着名单返回一等舱时，用空着的一只手去开紧闭着的舱门，尽管那只手摸索了半天，也没找到把手，他的双眼仍平视着前方而没有向下看，仿佛一时失明了似的。这时，辛妮证实了自己的预感。

事情不对。

在机舱里大家吃了一顿饱饭，每人都吃了两三份航空餐，这些西亚人的饭量让那几名中国空姐很吃惊。然后飞机起飞了，辛妮透过舷窗，看着云海很快覆盖住西亚的大地，这云海在整个航程中都很少散开，仿佛在下面隐藏着一个巨大的谜。

飞机在北京机场降落后，等了足有两个小时，换上统一服装的西亚体育代表团才走出机舱。当他们进入大厅后，立刻被一阵闪光灯的风暴照得睁不开眼。大厅中黑压压挤满了记者，他们在代表团周围拼命拥挤着，像一群看到猎物的饿狼，但总是小心地与他们保持两米左右的距离，使代表团行走在一小圈移动的空地中央，仿佛他们周围有一种无形力场把记者们排斥开来。更让辛妮和其他西亚人心里发毛的是，没有人提问，大厅中只有闪光灯的咔嚓声和拥挤的人们鞋底摩擦地板的沙沙声。走出大厅时，辛妮听到空中的轰鸣，抬头看到三架小型直升机悬在半空，不知是警戒还是拍照。运送代表团的大客车只有两辆，但却有十几辆警车护送，还有一支武装警察的摩托车队。当车驶离机场到市区的公路时，辛妮和其他西亚运动员发现了一件更让他们震惊的事：路被清空封闭了，看不到一辆车！

事情真的不对。

到达奥运村时天已经黑了下来，当西亚运动员们走下汽车时，他们心中的疑惑变成了恐惧：奥运村里一片死寂，几十幢整齐的运动员公寓楼大多黑着灯，当他们走向唯一一座亮灯的公寓楼时，辛妮注意到远处一个小广场中央的一排高高的旗杆，那些旗杆上没有国旗，像一长排冬日的枯树。在外面，城市的灯光映亮了半个夜空，喧嚣声隐隐传来，更加衬托了奥运村诡异的寂静，辛妮打了个寒战，这里让她想到了陵墓。

在运动员公寓的接待厅中，身为代表团团长的克雷尔对运动员们讲了一段简短的话："请大家到各自的房间，晚饭在一小时后会送到房间里，今天晚上任何人不得外出，一定要好好休息，在明天上午九点钟，我们将代表西亚共和国参加第二十九届奥林匹克运动会的开幕式。"

辛妮和克雷尔、萨里同乘一个电梯，她听到萨里低声问团长："您真的不打算告诉我们真相？难道……和平视窗设想真要实现了？"

"明天你就会明白一切，我们应该让大家至少有一个晚上能睡好。”

和平视窗

辛妮仰望着雄伟的奥林匹克体育场，短暂的幸福和陶醉暂时掩盖了紧张与恐惧。不管未来几天发生什么，她已来到了所有运动员梦中的圣地，此生足矣。

但对即将到来的事情的恐惧并没有因此而减少，这两天所经历的一切，越来越像是一个阴沉而怪异的梦。早晨，西亚共和国代表团的车队从奥运村出发前往奥林匹克体育场，连接两地的宽阔公路旁聚集着人山人海。但辛妮看到，人群中没有鲜花、彩旗和气球，也没有欢笑和欢呼，这成千上万人集体沉默着，用同一种严峻的表情目送着车队，昨天那种让辛妮冷战的感觉又出现了，她觉得这像葬礼。

奥林匹克体育场外面十分空旷，有两道森严的警戒线，当车队驶过时，组成警戒线的武警士兵们整齐地敬礼。车队在体育场的东大门停下，运动员们下车后，克雷尔团长召集他们站成了一个方阵。辛妮站在方阵的第一排，她仔细地搜索着体育场内传出的声音，但什么也没有听到，这巨大的建筑内部一片寂静。克雷尔从车上拿出了一面宽大的西亚共和国国旗，先后招呼萨里和另外两名较有建树的运动员出列，递给他们每人国旗的一角。当他在队列中寻找第四个人时，站在前排的莱丽自己走出来，从克雷尔的手中拿过国旗的最后一角，但克雷尔摇摇头，把国旗从莱丽手中拉了出来，递给了他随便选中的一个女运动员。这巨大的羞辱使莱丽涨红了脸，她恼怒地盯了团长几秒钟，最后还是转身回到了队列中。四名运动员把国旗展开来，北京的微风在旗面上拂出道道波纹，国旗旁边的克雷尔对着运动员方阵庄严地说：

“西亚的孩子们，振作起来！现在，我们代表苦难的祖国，进入第二十九届奥林匹克运动会的主会场！”

在国旗的引导下，西亚共和国的运动员方阵开始行进，很快进入了体育场东大门高大的门廊中。门廊很长，像一条隧道，辛妮走在方阵的前排，与其他运动员一起盯着前方越来越近的入口，她的心在狂跳，在她的意识中，入口那边是另一个时空，另一个不可知的命运和人生在那边等着她。

尽管有了心理准备，当辛妮通过入口看到体育场的全景时，还是浑身僵住了。只是在后面方阵的推送下机械地迈步前行，这时避免精神崩溃的唯一办法就是保持这两天来一直笼罩着她的感觉：这是一场噩梦。而她现在看到的已经很有力地证明了这一点。

他们面对着一个完全空旷的体育场。

九点钟的太阳照亮了这巨大体育场的一半，西亚人仿佛行进在一个与世隔绝的盆地中，这荒凉的世界里只有他们的脚步声在回荡。震惊的眩晕过去后，辛妮看到宽阔的运动场的另一面有东西在动，她很快看出那是另一个运动员方阵，正与他们相向行进，那个方阵也由一面四个运动员抬着的大旗帜指引着，阳光下辛妮辨认出那是一面星条旗。与以往进入奥运会会场时乱哄哄的样子不同，美国运动员的方阵十分整齐，成一个整体方块，以一种威严的节奏起伏着，像进攻中的古罗马军团。

在运动场中央，两个方阵行进到相距几十米时开始转向，最后面向简单的主席台停了下来，一切陷入寂静，仿佛时间停止了走动。

有一个人从运动场的一侧向主席台走来，他那单调的脚步声在空旷的看台间回荡，像恐怖的读秒声。来人不是国际奥委会主席，而是联合国秘书长。这个瘦削的巴西老人缓缓地走上主席台，注视着远处的两国运动员方阵，沉默了半分钟之久才开始讲话，经过巨大的音响系统，他的声音仿佛来自整个苍穹。

“第二十九届奥林匹克运动会将只有美利坚合众国与西亚

共和国两个国家参加，它将代替这两国间即将爆发的战争。

“如果美国获胜，西亚共和国必须履行最后通牒中的条款，这个国家将被彻底解除武装，并将被分解为三个独立的国家，原西亚政府中的战犯将受到国际法庭的审判。

“如果西亚共和国获胜，战争将中止，目前处于对西亚攻击状态的美国及其盟国军队将全部撤离，联合国将取消对西亚共和国的经济制裁，并欢迎其回到国际社会中来。”

秘书长把目光投向西亚运动员方阵：“你们能够预测，在这届奥运会中，西亚共和国必败，但也请你们注意另一个事实：如果战争爆发，西亚共和国同样注定要战败，而那时，交战双方，特别是你们的国家，将付出血的代价。

“也许你们会认为，这届奥运会只是为西亚共和国的投降寻找一个借口，不是这样的。举一个极端的例子：如果西亚体育代表团仅以一块金牌之差负于美国的话，虽然西亚仍被认为是战败，但结果已大不相同：这个国家不会被肢解，现政府也可以继续存在，同时保留常备军队，西亚所要做的，只是销毁自己的生化武器和支付仅为最后通牒中数量三分之一的战争赔款。当然，这种情况也不太可能出现，但西亚运动员在每个单项上获得的每一块金牌，都能为失败的西亚争得一定的权利。美、西两国在联合国的框架下经过极其艰难的谈判所达成的协议中，对这一切制定了详细的条款。而对于西亚来说，获得金牌的希望也不是完全没有，比如亚力克·萨里和温德尔·莱丽，就分别在射击和体操上占有一定的优势。”

秘书长把目光从西亚运动员方阵上移开，仰望着北京夏日的晴空：“这就是联合国和平视窗计划的第一次实施，是人类在新千年中为消灭战争进行的伟大试验！

“和平视窗计划的名称来自尊敬的比尔·盖茨先生，在新世纪到来之时，为了使微软的智慧和财富有一个更加伟大的用处，盖茨先生主持了一个宏大的软件项目，开发一个巨型模拟软件，使其能够在巨型计算机上用数字方式真实地再现各种规模的战争，最后达到在国家间用数字战争代替真实战争的目的，这个软件被命名为和平视窗。众所周知，这个设想失败了。首先，目前的软件技术还远没有达到能够全面模拟极其复杂的现代战争的程度，但设想失败更重要的原因还在于，在目前的国际政治条件下，软件初始数据的输入，以及交战国对模拟结果的认可，都是不可逾越的障碍。尽管计划在投入巨资后失败了，但盖茨先生所种下的思想种子却生根发芽，并迅速成长起来。他使我们对战争有了一个全新的思维方向，即如果人类不能在短时间内消灭战争，至少可以让它以另一种较为无害的、尊重生命的方式进行。于是，在国际社会的一致赞同下，联合国再次启动了和平视窗计划。这是人类社会在社会学和国际政治上的阿波罗登月，五年来，各国有无数的政治家、社会学者、法律学者、伦理学者、自然科学家、军事家和其他各界人士为这个伟大的计划贡献了自己的智慧。

“和平视窗计划的关键是找出一个战争替代物，它必须满足两个条件：一是较为忠实地反映各交战国的综合国力；二是能够在一个被各交战国和国际社会认可的规则下进行战争模拟。计划的研究者们很快想到了奥林匹克运动会。单项体育，如足球，其水平与国家的政治、经济和军事实力关系不大。但奥运会的众多体育项目作为一个整体，其总的水平却能相当准确地反映一个国家的综合国力。同时，体育作为人类最古老的一项活动，已经建立了被全人类认可的完善的竞赛规则，而奥林匹克运动会到目前为止是世界上规模最大和影响最大的人类聚会。这就使得奥运会成为模拟战争最理想的工具。

“古希腊的奥运先哲们和上世纪的顾拜旦做梦都不会想到，他们所创立的奥林匹克运动会有一天会对人类具有如此重大的意义，而你们，这些从事本来十分单纯的体育运动的人，更不可能想到自己有一天突然会肩负如此重大的使命。但历史已经把你们推到这里，请不要回避。千年之后再回首，现在将是人类历史上最伟大的时刻，而你们，和平视窗的先驱者，将被载入人类文明的史册。”

这时，又有两个人沿着跑道向主席台走来，其中一人是国际奥委会主席，另一人竟是身穿迷彩服的军人，他举着燃烧的火炬，肩上有四颗将星。走上主席台后，他用低沉的声音说：“我是乔治·韦斯特，美国陆军上将，美军西亚战场司令官。再过5分钟，最后通牒就将到期，如果没有和平视窗，我将下令开始对西亚共和国的第一波空中打击，但现在，我将点燃奥运圣火。”然后，他向刚刚升起的五环旗敬礼，转身走上了通向大火炬的长长的阶梯。他以军人的步伐稳健地攀登着，上身和手中的火炬一直保持着笔直，最后，他在运动员们的眼中变成了巨大的奥运火炬下的一个小黑点，韦斯特将军向全世界举起了手中的火炬，庄严地静止几秒钟后，点燃了奥运圣火。

运动员们听到轰的一声沉闷的巨响，奥林匹克的火焰在蓝天上燃烧起来，没有欢呼，没有鸽群，死一般的寂静中，只有那团古老的巨火在呼呼作响，仿佛是掠过苍穹的浩荡天风。

两个国家的奥运会

开幕式后各项比赛全面展开，在首批赛事中，最引人注目的是男子篮球，由西亚共和国临时组建的国家队对美国梦之队。与开幕式不同，看台上挤满了观众，大部分是记者，其中体育记者只占很小的比例，主要是从西亚前线蜂拥而来的战地记者。与以往的任何球赛都不同，没有人喧哗，甚至很少有人说话，球赛在寂静中进行，只能听到篮球击地的咚咚声和球鞋底摩擦地板的吱吱声。当上半场快结束时，已经没有人再看比分显示板了。梦之队的那些篮球精灵像几只黑色的大鸟在球场上轻盈地翱翔，仿佛是在一首听不见的轻扬乐曲中跳着梦之舞，而西亚队只是混进这场唯美舞蹈中的一些杂质，试图对舞蹈产生一些干扰，但梦之舞似乎没有感觉到杂质的存在，如水银之河一般顺畅地流下去……中场休息时，西亚队年迈的教练挥着瘦骨嶙峋的拳头，嘶哑地咳嗽着，对精神和体力都要耗尽的球员们说："不要垮掉，孩子们，不要让他们可怜我们！"但他们还是被可怜了，下半场进行到一半时，有很多观众都不忍心再看下去起身离开了。当终场的锣声响起后，梦之队黑色的篮球舞蹈家们离开球场，西亚队的球员们仍呆立在原地不动，像潮水退后沉淀下来的沙子。过了好长时间，中锋才清醒过来，蹲在地上痛哭起来，另一个球员则跑到篮架下，虚弱地大口吐着酸水……

在接下来的比赛中，西亚共和国在所有项目上都全面败北，这本在预料之中，但败得那么惨不忍睹是谁都没有想到的。其实，即使在战后的被封锁阶段，西亚体育还是有一定实力的。近年来随着局势的恶化，政府无暇顾及体育，原来勉强维持的商业体育俱乐部也全部消失，这些参加奥运会的运动员已有三四年时间没有进行任何训练。同时，他们除体育外没有其他一技之长，大多在西亚的苦难岁月中沦为最穷的人，几年的饥饿和疾病使这些人已不具备作为运动员的起码体格。

奥运会的赛程在沉闷中已走完大半，这时的民意调查表明，即使是美国观众，也希望看到西亚运动员出现奇迹，人们把创造奇迹的希望寄托在两个西亚人身上，他们是莱丽和萨里。全世界都在等待着他们的出场。

然而，在随后到来的体操比赛中，莱丽还是让全世界失望了。她的技巧还算娴熟，但体力和力量已经不行，多次失误，在她最具优势的平衡木上也掉下来两次，根本无法与美国队那些如彩色弹簧般灵捷的体操天使相匹敌。体操的最后一场比赛开始之前，在进入赛场的路上，辛妮听到了莱丽和教练的对话：

“你真的打算做卡曼琳腾跃？”教练问，“以前你从来没有完全做成过它，高低杠并不是你的强项。”

“这次会成。”莱丽冷冷地说。

“别傻了！你就是高低杠自选动作拿满分又怎样？”

“最后得分与美国女孩儿的差距会小些。”

“那又怎么样？听我的，做我制定的那套动作，稳当地做完就行了，现在玩儿命没有意思的。”

莱丽冷笑了一下：“您真的关心我这条命吗？说真的，我都不关心了。”

比赛开始，当莱丽跃上高低杠后，辛妮立刻看出她已变成另一个人了。她身上的某种无形的桎梏已经消失，比赛对于她已不是一种使命，而是一种宣泄痛苦的方式，她在高低杠间翻飞，动作渐渐疯狂起来。观众席上出现了少有的赞叹声，但场内的体操专家们都一脸惊恐地站了起来，美国队那几位美丽的体操天使大惊失色地拥在一起，他们都知道，这个西亚姑娘在玩儿命。当做到高难度的卡曼琳腾跃时，莱丽完全沉浸在她的疯狂中，她成功地完成了空中直体一千零八十度空翻，但在抓住低杠腾回高杠时失手了，头向下身体成四十五度角摔在低杠下的地板上，坐在看台头一排的辛妮听到了清脆的脊椎骨断裂的咔吧声……

克雷尔抱着一面西亚国旗追上了担架，把旗的一角塞到莱丽的手中，这正是开幕式上引导西亚共和国运动员方阵的那面旗帜，莱丽死死地抓着那个旗角，她并不知道自己抓着什么，她的双眼失神地望着天空，苍白的脸庞因剧痛而不断抽搐，血从嘴角流出来，滴到地上，又沾到拖地的国旗上。

“有一点我们可能没想到，”国际奥委会主席对记者们说，“当运动员成为战士后，体育也会流血。”

其实，人们对莱丽寄予如此大的希望，在很大程度上是媒体炒作的结果。莱丽的优秀只是相对的，即使她超常发挥，实力也与美国队相差很远。但萨里就不同了，他是真正的世界冠军，而与其他项目相比，停止几年训练对一个射击运动员的影响相对要小一些。虽然美国是世界射击运动强国，在萨里的男子飞碟射击项目上也实力雄厚，曾在1996年亚特兰大奥运会上破飞碟双向射击世界纪录。但自从在2000年悉尼奥运会上取得该项目的铜牌后，水平就停滞不前。这次参赛的选手詹姆斯·格拉夫就在四年前的世界射击锦标赛上负于萨里，只拿到铜牌。所以，西亚共和国有很大希望能拿到这一块金牌，这将给本届奥运会的最后一个下午带来一个高潮。

前往射击比赛场的最后一段路，萨里是被西亚人高抬着走过的，西亚代表团的运动员们在周围向他欢呼，这时他已经成了他们的神明，周围簇拥的摄像记者使全世界都看到了这情景，如果这时真有不知情的人，肯定会认为西亚已取得了整个奥运会的胜利。在亚洲大陆遥远的另一端，西亚共和国的3000万国民聚集在电视机与收音机前，等待着他们唯一的英雄带给他们最后的安慰。但萨里一直很平静，面无表情。

在射击比赛场的入口处，克雷尔郑重地对刚刚被放下来的萨里说："你当然知道这场比赛的意义，如果我们至少拿到一块金牌，并由此为战后的国家争得一点权利，那么这场虚拟战争对西亚人就具有完全不同的含义。"

萨里点点头，冷冷地说："所以，我向国家提出参赛的条件是理所当然的：我要500万美元。"

萨里的话像一盆冰水，把围绕着他的热情一下子浇灭了，所有人都吃惊地看着他。

"萨里，你疯了吗？"克雷尔低声问。

"我很正常，与我给国家带来的利益相比，我要的并不多。这笔钱只是为了我今后能到一个喜欢的地方安静地度过后半生。"

"等你拿到金牌后，国家会考虑给予奖励的。"

"克雷尔先生，您真的认为这个即将消失的国家还有什么信誉可言吗？不，我现在就要，否则拒绝比赛。你要清楚，拿到金牌后我是世界明星，退出比赛则同样会成为拒绝为独裁政府效力的英雄，后者在西方更值钱。”

萨里与克雷尔长时间地对视着，后者终于屈服地收回目光，“好吧，请等一下。”然后他挤出人群，远远地拿出手机打起电话来。

“萨里，你这是叛国！”西亚代表团中有人高喊。

“我的父亲是为国家而死的，他在17年前的那场战争中阵亡，那时我才8岁，我和母亲只从政府那里拿到1200西亚元的抚恤金，之后物价飞涨，那点儿钱还不够我们吃两个星期的饱饭。”萨里从肩上取下其他西亚运动员为他披上的国旗，抓在手中大声质问：“国家？国家是什么？如果是一块面包它有多大？如果是一件衣服它有多暖和？如果是一间房子能为我们挡住风雨吗?！西亚的有钱人早就跑到国外躲避战火了，只剩下我们这些穷鬼还在政府编织的爱国主义神话里等死!”

这时，克雷尔已经打完了电话，他挤进人群来到萨里面前：“我已经请示过了，萨里，你是在尽一个西亚公民应尽的义务，政府不能付你这笔钱。”

“很好。”萨里点点头，把国旗塞到克雷尔怀里。

“电话一直打到总统那里，他说，如果一个国家只有雇佣军才为它战斗，那它也没有继续存在的必要了。”

萨里没再说什么，转身走去，兴奋的记者们跟着他蜂拥而去。

以手捧国旗的克雷尔为中心，西亚代表团长时间默立着，仿佛在为什么默哀。不知过了多长时间，射击场内响起了枪声，詹姆斯·格拉夫正在得到奥运历史上最容易得到的金牌。这枪声使西亚人渐渐回到现实，他们不约而同地把目光集中到一个人身上，刚才跟随萨里的大群记者也跑了回来，把几百个镜头一起对准了这个人。

威弟娅·辛妮，将参加一小时后开始的本届奥运会的最后一个项目：女子马拉松。

记者们知道辛妮是哑巴，谁都不提问，只是互相低声说着什么，像在观看一个没见过的小动物。在人群和镜头的包围中，这个黑瘦的西亚女孩儿恐惧地睁大双眼，瘦小的身体瑟瑟发抖，像一只被一群猎犬逼到墙角的小鹿。幸好克雷尔拉起她挤出重围，登上了开往主体育场的汽车。

他们很快到达了奥林匹克体育场，这里将在傍晚举行第二十九届奥运会的闭幕式，也是马拉松的起点和终点。下车后，他们立刻被更多的记者包围了，辛妮显得更加恐惧和不安，紧紧靠在克雷尔身上，克雷尔好不容易摆脱了纠缠，带着辛妮走进一间空着的运动员休息室，把几乎令她精神崩溃的喧闹关在外面。

克雷尔拿了一纸杯水走到惊魂未定的辛妮面前，在她眼前张开紧攥着的另一只手，辛妮看到掌心上放着一片白色的药片，她盯着药片看了几秒钟，又惊恐地看看克雷尔，摇摇头。

“吃了。”克雷尔以不可抗拒的口气说，又放缓声音，“相信我，没有关系的。”

辛妮犹豫地拿起药片放进嘴里，尝到了酸酸的味道，她接过克雷尔递过来的水，把药片送了下去。几秒钟后，休息室的门轻轻开了，克雷尔猛地回头，看到一个身材魁梧的身影，他盯着那人看了半天，才吃惊地认出了他。

来人是韦斯特将军，在开幕式上点燃圣火的人，已对西亚共和国做好攻击准备的50万大军的统帅。这时他穿着一身黑色的西装，双手捧着一个纸盒子。

“请您出去。”克雷尔怒视着他说。

“我想同辛妮谈谈。”

“她不会说话，也听不懂英语。”

“您可以为我翻译，谢谢。”将军对克雷尔微微躬身，他那凝重的声音里有一种难以抗拒的力量。

“我说过请您出去！”克雷尔说着把辛妮挡在身后。

将军没有回答，用一只有力的手臂轻轻地把克雷尔拨开，蹲在辛妮前面脱下了她的一只运动鞋。

“您要干什么?!”克雷尔喊道。

将军站起身，把那只运动鞋举到克雷尔面前：“这是刚在北京的运动商店里买的吧？穿这样非定做的新鞋跑马拉松，不到20公里脚就会起泡。”说完他又蹲下身，把辛妮的另一只鞋子脱下来，一挥手把两只鞋都扔出去，然后他拿起放在旁边的纸盒打开来，露出一双雪白的运动鞋，他把那双鞋捧到辛妮面前：“孩子，这是我个人送给你的礼物，是耐克公司的一个特别车间为你定做的，那个车间能做出世界上最好的马拉松鞋。”

克雷尔这时想起来了，三天前的晚上，有两个自称是耐克公司技师的人来到奥运村辛妮的房间，用三维扫描仪为她扫描脚模。他看得出这确实是一双顶级的马拉松鞋，定做这样一双鞋的价格要上万美元。

将军开始给辛妮穿鞋：“马拉松是一项很美的运动，我也很喜欢，还是中尉的时候我曾在陆军运动会上拿过冠军，噢，不是马拉松，是铁人三项。”鞋穿好后，他微笑着示意辛妮站起来试试，辛妮站起来走了几步，那鞋轻软而富有弹性，与脚贴合极好，仿佛是她双脚的一部分。

将军转身走去，克雷尔跟着他到了门口，说：“谢谢您。”

将军站住，但没有转过身来：“说实话，我更希望叛逃的不是萨里而是辛妮。”

“这就不可理解了，”克雷尔说，“辛妮的成绩在西亚是最好的，但在世界上排名连前二十都进不了，更别提和埃玛比了。”

将军继续走去，留下一句话：“我害怕她的眼睛。”

马拉松

新闻媒体早就把第二十九届奥运会称为寂静的奥运会，辛妮看到，开幕式时广阔而空旷的体育场现在已被由10万人组成的人海所覆盖，但寂静依旧。这人海中的寂静是最沉重的寂静，辛妮之所以没有在精神上被压垮，是因为埃玛的出现吸引了她的注意力。

西亚共和国在模拟战争中的彻底失败已成定局，萨里的离去使西亚人在精神上也彻底垮掉了，西亚体育代表团已先于他们的国家四分五裂了。代表团中的一些有钱或有关系的官员已经不知去向，哪里也去不了的运动员们则把自己关在奥运村公寓的房间里，等待着命运的发落。没有人还有精神去观看最后一场比赛和参加闭幕式。当辛妮走向起跑点时，只有克雷尔陪着她，在10万人的注视下，她显得那么孤单、弱小，像飘落在广阔运动场中的一片小枯叶，随时都会被风吹走。

与她那可怜的对手相反，弗朗西丝·埃玛是被前呼后拥着走向起跑点的，她的教练班子有5个人，包括一位著名的运动生理学家，医疗保健组由6个医生和营养专家组成，仅负责她跑鞋和服装的就有3个人。埃玛现在确实已成为半人半神的明星。早在19世纪80年代初，就有人根据世界女子马拉松最好成绩的增长速度预言，除去射击和棋类等非体力竞赛，马拉松将是女子超过男子的第一个运动项目。这个预言在三年前的芝加哥国际马拉松大赛上变为现实：埃玛创造了超过男子的世界最好成绩。对此，一些男性体育评论员酸溜溜地认为，这是男女分赛所致，在那次女子比赛的过程中风速条件明显比男子好，如果当时斯科特（男子冠军）与她们一同跑，一定能超过埃玛的。这个自我安慰的神话在2004年雅典奥运会上被打破了，男女混合比赛，埃玛到达终点时把斯科特落下了500多米，并首次使马拉松的世界最好成绩降到两小时以下，她由此成为21世纪初最为耀眼的运动明星，被称为“地球神鹿”。

这个叫埃玛的黑人女孩儿一直是辛妮心中的太阳，在自己那几件可怜的财产中，她最珍爱的是一本破旧的剪贴簿，里面收集着她从旧报纸和杂志上剪下来的上百张埃玛的照片，她在难民营的窄小的上铺旁边，贴着一张大大的埃玛的彩色运动照，那是一本挂历中的一张。辛妮去年在货摊上看到了那本挂历，但她买不起，就等着别人买，她跟踪了一个买主，看着那个杂货店主把新挂历挂到柜台边的墙上。埃玛的照片在3月那张，辛妮就渴望地等了三个月，她常常跑到杂货店去，趁人不注意掀开前面的画页看一眼埃玛那张。在4月1日清晨，她终于从店主那里得到了那张已成为废页的挂历，那是她最高兴的一天。现在，在起跑点上，辛妮偷偷打量着距自己几米远处的对手，这时体育场和人海都已在辛妮的眼中隐去，只有埃玛在那里，辛妮觉得她周围有一个无形的光晕，她在光晕中呼吸着世外的空气，沐浴着世外的阳光，尘世的灰尘一粒都落不到她身上。

这时，克雷尔轻轻一推使辛妮警醒过来，他低声说："别被她吓住，她没你想象得那么可怕，我观察过，她的心理素质很差。"听到这话，辛妮转过脸瞪大眼睛看着他，克雷尔读懂了她的意思："是的，她曾和世界上跑得最快的男人竞赛并战胜了他，但这又怎么样？那一次她没有任何压力，但这次不同，这是一次她绝对不能失败的比赛！"他斜着瞟了埃玛一眼，声音又压低了些，"她肯定要采取先发制人的战术，起跑后达到最高速度，企图在前10公里甩开你，记住，一开始就咬住她，让她在领跑中消耗，只要在前20公里跟住她，她的精神就会崩溃！"

辛妮恐慌地摇摇头。

“孩子，你能做到的！那片药会帮助你！那是一种任何药检都检测不出的药，像核燃料一样强有力，难道你没有感觉出来吗？你已经是世界冠军了，孩子！”

这时，辛妮感到了一种莫名的亢奋，一种通过奔跑来释放某种东西的强烈欲望。她又看了一眼埃玛，后者已做完了辛妮从未见过的冗长而专业的准备活动，站在起跑线上，埃玛一直高傲地昂着头，从未向辛妮这边看过一眼，仿佛她并不存在一样。

发令枪终于响了，辛妮和埃玛并排跑了出去，开始以稳定的速度绕场一周。她们所到之处，观众都站了起来，在看台上形成一道汹涌的人浪，人群站起的声音像远方沉闷的滚雷，但除此之外没有别的声音，人们默默地看着她们跑过。

在以往的训练中，每次起跑后辛妮总是感到一种安宁，仿佛她跑起来后就暂时离开了这个冷酷的世界，进入了自己的时空，那里是她的乐园。但这次，她的心中却充满了焦虑，她渴望尽快跑完这一圈，进入体育场外的世界，她渴望尽快到达一个地方，那里有她想要的东西，一种叫 GMH—6 的药。

她奔跑在医院昏暗的走廊中，空气中有刺鼻的药味，但她知道，医院里已经没有多少药能给病人了，走廊边靠墙坐着和躺着许多无助的病人，他们的呻吟声在她耳中转瞬即逝。妈妈躺在走廊尽头的一间同样昏暗的病房中，在病床肮脏的床单上她的皮肤白得刺眼，这是一种濒死的白色，就在这白皮肤上正有点点血珠渗出，护士已懒得去擦，妈妈周围的床单湿了殷红的一圈。这是最近有很多人患上的怪病，据说是由于最近那次轰炸中一种含铀的炸弹引起的。刚才，医生对辛妮说妈妈没救了，即使医院有那种药，也只是再维持几天而已。辛妮在医生面前拼命地比画着，问现在哪里还有那种药，医生费了很大劲儿才搞懂了她的意思。那是一种联合国救援机构的医生们最近带来的药，也许在市郊的救援基地有。辛妮从自己的书包中抓出一张纸和一支铅笔，一起伸到医生面前，她那双大眼睛中透出的燃烧的焦虑和渴望让医生叹了口气，那是西欧的新药，连正式名字都没有，只有一个代号。算了吧，孩子，那药不是给你们这样的穷人用的，其实，饿死和病死有什么区别？好好，我给你写……

辛妮跑出了医院的大门，好高、好宏伟的大门啊，门的上方燃着圣火，像天国的明灯。她记得三天前自己曾跟随着国旗通过这道大门，现在，祖国的运动员方阵在哪儿？现在引导她的不是国旗，是埃玛，她心中的神。正如克雷尔所料，一出大门，埃玛开始迅速加速，她像一片轻盈的黑羽毛，被辛妮感觉不到的强风吹送着，她那双修长的腿仿佛不是在推动自己奔跑，而只是抓住地面避免自己飞到空中。辛妮努力地跟上埃玛，她必须跟上，她自己的两脚在驱动着妈妈的生命之轮。这是首都的大街吗？什么时候变得这么宽阔了？旁边有华丽的高楼和绿色的草坪，但却没有弹坑。路的两边人山人海，那些人整洁白净，显然都是些能吃饱饭的人。她想搭上一辆车，但这一天戒严，说是有空袭，路上几乎没有车，好像只有那辆在埃玛前面时隐时现的引导车，可以看到上面对着她们的几台摄像机。辛妮的意识深处知道自己不能搭那辆车，原因……很清楚，她已经到那里了，她已经跑到联合国救援基地了，在一幢白房子里，她给那些医生看那张写着药名的纸，噢，不，一名会讲西亚语的医生对她说，不，这种药不属于救援品，你需要买的，哦，你当然买不起，我都买不起。那么，埃玛你还跑什么？我得不到那药了，妈妈……当然，我们要跑下去的，要快些回到妈妈那里，让她再最后看我一眼，让我再最后看她一眼。想到这里，辛妮心里焦虑的火又烧了起来，她下意识地加速了，赶上了埃玛，几乎要超过她了——让她在领跑中消耗！辛妮想起了克雷尔的嘱咐，又减速跟到埃玛身后。埃玛觉察到辛妮的举动，立刻开始了第二轮加速，她们已经跑出了5公里，这个西亚毛孩子还没有被甩掉，埃玛有些恼怒了，“地球神鹿”显示出疯狂的一面，像一团黑色的火焰在辛妮前面燃烧。辛妮也跟着加速，她必须跟上埃玛，她希望埃玛再快些，她想妈妈……啊，不对，路不对，埃玛这是要去哪里？前方远处那根刺入天空的巨针是什么？电视塔？首都的电视塔好像早就被炸塌了。但不管去哪里，她要跟着埃玛，跟着她心中的神……她知道妈妈已经不在人世了。

浑身泥土和汗水的辛妮推开病房的门，看到妈妈已经没有生命体征的躯体被盖在一张白布下，有两个人正想移走遗体，但辛妮像发狂的小野兽似的阻挠着，他们只好作罢。那个给她写药名的医生说：“好吧，孩子，你可以陪妈妈在这里待一晚上，明天我们为你料理你母亲的后事，然后你就得离开了，我知道你没地方可去，但这里是医院，孩子，现在谁都不容易。”于是辛妮静静地坐在妈妈的遗体旁，看着白布上有几点血渍出现，后来惨白的月光从窗中照进来，血渍在月光中变成了黑色。不知过了多少时间，月光已移到了墙上，有人进门开了灯，辛妮没有看那人，只觉得他过来抓住了自己的手，那双粗糙的手按着她的手腕一动不动的。过了一会儿，她听那人说：

“五十二下。”她的手被轻轻放下，那人又说：“天黑前我在楼上远远看着你跑过来，他们说你到救援基地去了，今天没有车的，那你就是跑去的，再跑回来，20 公里左右，才用了一小时十几分钟，这还要算上你在救援基地里耽误的时间，而你的心跳现在已恢复到每分钟五十二下。辛妮，其实我早注意到你了，现在更证实了你的天赋。你不记得我了？我是斯特姆·奥卡，体育教师，带过你们班的体育课。你这个学期没来上学，是因为妈妈的病？哦，就在你妈妈去世时，我的孙子在楼上出生了，辛妮，人生就是这样，来去匆匆。你真想像妈妈这样，在贫穷中挣扎一辈子，最后就这么凄惨地离开人世？”最后一句话触动了辛妮，她终于从恍惚状态中醒来，看了奥卡一眼，认出了这个清瘦的中年人，她缓缓地摇摇头。“很好，孩子，你可以过另一种生活，你可以站在宏伟的奥运赛场中央的领奖台上，全世界的人都用崇敬的眼光看着你，我们苦难的祖国的国旗也会因你而升起。”辛妮的眼中并没有放出光来，但她很注意地听着，“关键在于，你打算吃苦吗？”辛妮点点头，“我知道你一直在吃苦，但我说的苦不一样，孩子，那是常人无法忍受的，你肯定能忍受吗？”辛妮站了起来，更坚定地点点头，“好，辛妮，跟我走吧。”

埃玛保持着恒定的高速度，她的动作精确划一，像一道进入死循环的程序，像一架奔驰的机器。辛妮也想把自己变成机器，但是不可能。她在寻找着下一个目的地，而目的地消失了，这让她恐惧。但她竟然支撑下来了，她竟然跟上了“地球神鹿”，她知道那神奇的药起了作用，她能感觉到它在自己的血管中燃烧，给她无尽的能量。路线转向九十度，她们跑到了这条叫长安街的世界上最宽的大街。应该更宽的，因为路的两侧应该是无际的沙漠。在连续几年的每天不少于20公里的训练中，辛妮最喜欢的就是城外的这条路。每天，辽远的沙漠在清晨的暗色中显得平滑而柔软，那条青色的公路笔直地伸向天边，世界显得极其简单，而且只有她一个人，那轮在公路尽头升起的太阳也像是属于她一人的。那段日子，虽然训练是严酷的，辛妮仍生活得很愉快。与她擦肩而过的男人和女人都不由回头看她一眼，他们惊奇地发现，这个哑女孩儿的脸色居然是红润的。与其他女孩一色儿的菜色面容相比，并不漂亮的她显得动人了许多。辛妮自己也很惊奇，在这个饥饿国度里她竟然能吃饱！奥卡把辛妮安置在学校的一间空闲的教工宿舍中，每天吃的饭奥卡都亲自给她送来，面包、土豆之类的主食管够，这已经相当不错了，还不时有奶酪、牛羊肉和鸡蛋之类的营养，这类东西只能在黑市上买到，且贵得像黄金，辛妮不知道奥卡哪儿来的那么多钱，作为教师，他一个月的工资还不够自己吃一个星期的饱饭。辛妮问过好几次，但他总是假装不懂她的哑语……

在亚洲大陆的另一端，西亚共和国已处于分裂的边缘，政府已经瘫痪，已被宣布为战犯的人都开始潜逃，普通公民则麻木地等待着。少数还在看奥运马拉松直播的人开始把消息传开来，越来越多的人回到电视机和收音机前。

路更宽了，宽得辛妮不敢相信，她知道自己奔跑在世界最大的广场上，左边是一座金碧辉煌的东方古代建筑，她知道那后面是一个古代大帝国的宏伟王宫；右边的广场上是这个古老又年轻的辽阔的国家的国旗，辛妮最初以为这是一个王国，但人们告诉她这也是一个共和国，而且遭受过比她自己的共和国更大的苦难。这时她看到了红色的标志牌从身边移过，上书“二十一公里”，马拉松半程已过，辛妮仍紧跟着埃玛。埃玛回头看了辛妮一眼，这是她第一次正眼看自己的对手。辛妮捕捉到了她的眼神，很是震惊：眼中的傲慢已荡然无存，辛妮从中看到了——恐惧。辛妮在心里大喊：埃玛，我的神，你怕什么？我必须跟上你！虽是没有目的地的路，可辛妮有东西要逃避，她要逃开奥卡老师家的那些人，他们正在学校等着她呢！他们推着奥卡来到她的住处，来的人有奥卡的抱着婴儿的妻子，有他的三个兄弟，还有其他几个辛妮不认识的亲戚。他们指着辛妮愤怒地质问奥卡，这个野孩子你是从哪儿弄来的？奥卡说她是马拉松天才！他们说奥卡是混蛋，在这每天都有人饿死的时代，谁还会想起马拉松？我们都知道你是个不可救药的梦想家，可你不该把那本老版《古兰经》卖掉，那上面的字用金粉写成，很值钱，那是祖传的宝物，全家挨饿这么长时间都没舍得卖。而你竟用那些钱供这个小哑巴过起公主一样的日子来，你自己的孙子还没奶吃呢！你没有听到他整夜哭吗？你看看他瘦成了什么样子……后来有传言说，辛妮是奥卡和威伊娜（辛妮的母亲）的私生子。开始，这种说法似乎不成立，因为在辛妮出生的前后几年，威伊娜一直居住在一座北方的城市中，这是有据可查的，而那段时间，奥卡作为一名陆军少尉正在南方参加第一次西亚战争，还负过伤。但又有传言说，奥卡的战争经历是他自己撒的一个弥天大谎，他根本没有参加过战争，也没有去过南方战线，在第一次战争时期，他实际上是和威伊娜在北方度过的。

30公里，辛妮仍然紧跟着埃玛。赛况传出，举世关注，空中出现了两架摄像直升机。在西亚共和国，所有人都聚集在电视机和收音机前，屏住呼吸注视着这最后的马拉松。

这时，缺氧造成的贫血已使世界在辛妮的眼中变成了一团黑雾，她感觉到心跳如连续的爆炸，每一次都使胸腔剧疼，大得如同棉花，踏上去没有着落。她知道，那片药的作用已经过去。黑雾中冒出金星，金星合为一团，那是奥运圣火。我的火要灭了，辛妮想，要灭了。韦斯特将军举着火炬，露着父亲般的微笑，辛妮，要想让火不灭，你得把自己点燃，你想燃烧自己吗？点燃我吧！辛妮大喊，将军伸过火炬，辛妮感觉自己轰地燃烧起来……

那天夜里，辛妮收拾好自己简单的行李到教工宿舍奥卡的房间去，他几天前就从家里搬出来住了。辛妮用哑语说：我要走了，老师回家吧，让小孙子有奶吃。奥卡摇摇头，他的头发这几天变得花白，辛妮，你知道，这是我们共同的事业……你非走不可吗？你还是觉得我为你所做的这些没理由？那好吧，我给你一个理由：他们说的是真的，我是你父亲，我只是在赎罪而已。辛妮本来对那些传言半信半疑，听到奥卡这话她全信了，她并没有扑到父亲怀里哭，他欠她们母女的太多了，这使她很平静地接受了这个事实，但那仍然是辛妮有生以来最幸福的时刻，她毕竟有爸爸了。

这时，有一个女孩子的哭声隐隐传来，是埃玛，竟是埃玛，她边跑边哭，断续地说着什么，那几个词很简单，只有初一文化程度的辛妮几乎都能听懂："上帝……我该怎么办……告诉我……我该怎么办……"辛妮这时几乎要可怜她了，我的神，你要跑下去，没有你我该怎么办？我不知道目的地。埃玛得到了回答，那声音是从她右耳中的微型耳机传出的，不是上帝，是她的主教练。"别怕，我们能肯定她已经耗尽体力了，她现在是在拼命，而你的潜力还很大，需要的只是冷静一下。听着，埃玛，慢下来，让她领跑。"

当埃玛慢下来时，辛妮曾有过短暂的兴奋感，但当她觉察到埃玛紧跟在自己身后时，才意识到自己已遇到了致命的一招。辛妮目前只有三个选择：一是随对手慢下来，形成两人慢速并行的局面，这将使埃玛在体力和心理上都得到恢复；二是以现有速度领跑，这样埃玛将有机会在心理上得到恢复（这也是目前她最需要的）。以上任何一种选择，都将使埃玛恢复她作为马拉松巨星的超一流战斗力，在最后一段距离的决斗中辛妮必败无疑。唯一取胜的希望是第三种选择：迅速加速，甩开对手。以辛妮目前已经耗尽的体力，这几乎是不可能的，但她还是做出了这个选择，开始加速。即使对于经验丰富的长跑运动员，领跑也是一个沉重的心理负担，正因为如此，在马拉松比赛的大部分赛程中，参赛者都是分成若干个集团以一种约定速度并行前进，每个集团中如有人发起挑衅开始加速，除非他有把握最后甩开对手，否则只能作为领跑者，成为其跟随者通向胜利的垫脚石。而辛妮的比赛经验几乎为零，当前面的道路无遮挡地展现在她面前，夏天的热风迎面扑来时，她像一名跟着一艘小艇在大洋中游泳的人，那小艇突然消失，只有她漂浮在无际的波涛之中。她需要一个心理上的依托，一个目的地，或一个目的，她找到了，她要去父亲那里。

奥卡把辛妮送到郊区的一名失业的田径教练那里，让教练对她的训练进行一段时间的指导。五天后，辛妮就得到了父亲去世的消息，她立刻赶回去，只拿到了斯特姆·奥卡的骨灰盒。辛妮在最后那段日子里看着父亲的身体一天天虚弱，但她不知道，她这一段的训练是靠他卖血支撑的。辛妮走后，奥卡在一次上体育课时突然栽倒在地，再也没有站起来。同妈妈去世的那天晚上一样，辛妮静坐在学校的那个小房间里，惨白的月光透过窗子照在父亲的骨灰上。但时间不长，门被撞开了，奥卡的妻子和那群亲戚闯了进来，逼问辛妮奥卡给她留下了什么东西，同时在屋里乱翻起来。学校的老校长跟了进来，斥责他们不要胡来，这时有人在辛妮的枕头下找到了奥卡留给辛妮的一件新运动衫，里面缝了一个口袋，撕开那个口袋拿出一个信封，上面注明是给辛妮的遗产。看来奥卡早就意识到自己的身体支撑不了多久了。老校长一把抢过了信封，说辛妮是奥卡老师的女儿，有权得到它！双方正在争执中，奥卡的妻子端着骨灰盒贴着耳朵不停地晃，说里面好像有个金属东西，肯定是结婚戒指！话音未落，骨灰盒就被抢去，白色的骨灰被倒了一桌子，一群人在里面翻找着。辛妮惨叫一声扑过去，被推倒在地，她爬起来又扑过去时，有人已经在骨灰里找到了那块金属，但他立刻把它扔在地上，他的手被划破了，血在沾满了骨灰的手掌上流出了醒目的一道。老校长小心地把那东西从地上拾起来，那是一块小小的菱形金属片，尖角锋利异常，他告诉大家，这是一块手榴弹的弹片。天啊，这么说奥卡真的在南方打过仗?！有人惊呼道。一阵沉默后，他们看出了这事的含义：辛妮，奥卡不是你父亲，你也不是他女儿，你没权继承他的遗产！老校长撕开了信封，说让我们看看奥卡老师留下了什么吧。他从信封中抽出了一张白纸，在一群人的注视下，他盯着白纸看了足足有三分钟，然后庄重地说："一笔丰厚的遗产，"奥卡的妻子一把从他手中抢去了那张纸，老校长接着说出了后半句话："可惜只有辛妮能得到它。"一群人盯着纸片也看了好长时间，最后，奥卡的妻子困惑地看看辛妮，把纸片递给她，辛妮看到纸片上只有几个字，那是她的老师、教练、虽不是父亲但她愿意成为其女儿的人用尽生命的最后力气写下的，笔迹力透纸背……

光荣与梦想

辛妮以自己的极限速度跑出了三公里，没能甩掉埃玛。这段时间，有领跑者作为依托，埃玛的心理稳定下来，她由一名惊慌失措的女孩儿重新变回一名马拉松巨星，“地球神鹿”唤醒了自己沉睡的力量，开始反击了。一阵疯狂加速后，她超过了辛妮，并将两人的间距很快拉大。看着埃玛渐渐消失的背影，力竭的辛妮知道一切都结束了，“三十五公里”的标志牌出现，还有7公里，这段距离对辛妮已是无限长了。她似乎在黏液中奔跑，速度很快慢下来，最后变得几乎像行走一般。这时，她在路边的人群中看到了西亚体育代表团，她的同伴们在对她喊着，她听不到声音，但从口形看出他们在喊什么：

辛妮，跑到头!!

辛妮看到了克雷尔，他拼命冲她挥着双拳，其中的一只手中攥着一个小药瓶，给辛妮的那片神力无比的药就是从这瓶中拿出来的，这只是一瓶维生素C。

辛妮看到前方道路两旁的人群中，所有人都用手指着左上方，形成一片手臂的森林。他们指着路边一面巨大的显示屏，辛妮抬头看去，她认出了显示屏上出现的地方，是西亚共和国首都的英雄广场，她每天早晨的训练都是从那里起跑的。现在，广场上一片沸腾的人海。镜头移近，她又认出了所有人的口形，那几十万同胞在一起高呼：

辛妮，跑到头!!

接着辛妮听到了声音，这是两侧的观众发出的，成千上万名中国人居然在短时间内同时学会了一句西亚语，这届奥运会的寂静被打破了，他们齐声高喊：

辛妮，跑到头!!

黑雾又笼罩了辛妮的双眼，韦斯特将军在黑雾中出现，手拿已经熄灭的火炬：辛妮，你的圣火要灭了，你燃尽了自己。一团红光浮现，奥卡举着燃烧的火炬站起身来：不，孩子，还有东西可以燃烧，记得我留给你的遗产吗？韦斯特笑着摇摇头：别再燃烧了，辛妮，你不是圣女贞德，一切都已失败，燃尽一切，你什么都得不到。奥卡挥动火炬，火焰呜呜作响：不，孩子，分裂的祖国正因你而重新连为一体，你的圣火不能灭！辛妮冲奥卡大喊：点燃它!! 奥卡把手中的火炬伸向前来。

轰然一声，光荣与梦想熊熊燃烧起来。

埃玛冲过终点后，体育场中的10万人静静地等待着。这时北京的天空乌云密布、电闪雷鸣，闪电两次击中了体育场的避雷针，闪出耀眼的火球。10 分钟后，辛妮进入了体育场，步伐沉重地绕场一周后越过终点线，然后扑倒在地。10 万人同时站了起来，同全世界一起注视着静卧在体育场中的那个小小的身影。一片死寂中，只有奥运圣火在暴雨前的疾风中轰轰作响。当人们把一面五环旗与一面西亚共和国的国旗盖在辛妮已没有生命体征的身体上时，吃惊地发现她竟面带微笑。

她实现了自己的光荣与梦想。

跑到头的国家

“这届伟大的奥运会标志着一个新纪元的开始，和平视窗将使人类最终抛弃野蛮进入真正的文明，人类的道德水平将与技术进步同步上升。这一天来得太晚了，但终于来到了！从此，一个国家的体育水平将是其国力的重要标志，而竞技体育的最高水平是以全民的体育普及为基础的，所以，各国将把用于军备的巨大开支转移到提高人民的健康水平上，将出现一种新的、更为健康文明的社会生活和国际政治形势。人类大同的理想社会还很遥远，但它的光辉已照到我们身上！”

这番讲话是国际奥委会主席在飞往西亚共和国的专机上发

表的，他同奥委会的其他主要成员去西亚庆祝和平视窗计划的第一次成功。同机的还有从北京返回的西亚体育代表团，以及美国体育代表团的部分成员，后者都参加过比赛，他们不但获得了奥运金牌，还得到了总统颁发的自由勋章，因而都显得容光焕发。

奥委会主席指着美国代表团说："你们是人类战争史上最崇高的战胜者，我想，从苦难中解脱出来的西亚人民会把你们当作英雄欢迎的！"他又转向西亚代表团方向："你们也不是失败者，这届奥运会没有失败者，你们都是人类战胜野蛮的勇士，用体育为世界赢来了和平。"

两国运动员相互握手致意，开始还很勉强，后来大家都泪流满面地拥抱在一起。

这时机长走了过来，神色严峻地对所有人宣布："先生们，西亚上空已经被宣布为飞行危险区，我们是在邻国降落还是返回北京，请你们尽快决定。"

大家都不知所措地看着他。

"对西亚的全面军事打击已经启动，现在正在进行第一轮空袭。"

人们花了很长时间才理解了这句话的含义，"你们背信弃义！！"一名西亚运动员指着美国代表团怒吼。克雷尔站起身制止了冲动的西亚运动员们："大家冷静，我想，背信弃义的可能是我们西亚人。"

"是的，"机长说，"据我们刚得到的消息，按和平视窗协议接管首都的多国部队遭遇猛烈抵抗。"

"可……西亚军队已经解散了，所有的重武器都收缴了啊。"奥委会主席说。

"但轻武器都散落到民间，现在，如果有一阵狂风吹开西亚所有的屋顶，您会看到每扇窗前都有一个射手。"

"这是为什么？"奥委会主席泪如雨下，抓着克雷尔激动地说，"你们的城市将是一片火海，你们的人民将血流成河，母亲将失去孩子，孩子将失去父亲，活下来的人将在垃圾堆中寻找食物……而最后，你们还是注定彻底战败，所有的结果还是一样。"

"这就是命运了。"克雷尔微笑着对主席说，然后转向所有人，"其实我早就预料到这一点，和平视窗计划只是个美丽的童话，竞赛代替不了战争，就像葡萄酒代替不了鲜血。"他走到舷窗前，看着外面的云海，"至于西亚共和国，她只是像辛妮一样，想跑到头而已。"

亚力克·萨里辗转回到战火中的祖国，已是战争爆发一个星期后了。

奥运会闭幕式之后，在雷雨中的看台上，萨里站了很久，他凝视着辛妮倒下的地方，最后自语道："我，还是回家吧。"

首都保卫战正处于最后阶段，城市已大半失陷，虽然大势已去，但从外地增援的部队仍源源不断地进入仍在战斗的城区，这些部队由各种人组成，有穿军装的，更多的是扛枪的平民。萨里向一名军官要一支冲锋枪，那人认出了他，笑着说："呵呵，我们可请不起救世主了。"

"不，普通一兵。"萨里微笑着说，接过了枪，加入了高唱国歌的队伍，在被火光映红了一半的夜空下，在颤动的土地上，向激战中的城市走去。

鲸歌

沃纳大叔站在船头，望着大西洋平静的海面沉思着。他很少沉思，总是不用思考就知道怎样做，并不用思考就去做，现在看来事情确实变难了。

沃纳大叔完全不是媒体所描述的那种恶魔形象，而是一副圣诞老人的样子。除了那双犀利的眼睛外，他那圆胖的脸上总是带着甜蜜而豪爽的笑容。他从不亲自带武器，只是上衣口袋中装着一把精致的小刀，他用它既削水果，又杀人，干这两件事时，他的脸上都带着笑容。

沃纳大叔的这艘3000吨的豪华游艇上，除了他的80名手下和两个皮肤黝黑的南美女郎外，还有25吨的高纯度海洛因，这是他在南美丛林中的提炼厂两年生产的产品。两个月前，哥伦比亚政府军包围了提炼厂，为了抢出这批货，他的弟弟和另外30多个手下在枪战中身亡。他急需这批货换回的钱，他要再建一个提炼厂，这次可能建在玻利维亚，甚至亚洲金三角，以使自己苦心经营了一生的毒品帝国维持下去。但直到现在，他已在海上漂泊了一个多月，货一克都没能运进美国大陆。从海关进入根本不可能，自从中微子探测器发明以来，毒品是绝对藏不住的。一年前他们曾把海洛因铸在每块十几吨重的进口钢坯的中心，还是被轻而易举地查出来。后来，沃纳大叔想了一个很绝妙的办法：用一架轻型飞机，通常是便宜的赛斯纳型，载着大约50公斤的货从迈阿密飞入，一过海岸，飞行员就身上绑着货跳伞。这样虽然损失了一架小飞机，但那大约50公斤货还是有很大赚头。这曾经是一个似乎战无不胜的办法，但后来美国人建起了由卫星和地面雷达构成的庞大的空中监视系统，这系统甚至能发现并跟踪跳伞的飞行员，以至于大叔的那些英勇的小伙子还没着地就发现警察在地面上等着他们。后来大叔又试着用小艇运货上岸，结果更糟：海岸警卫队的快艇全部装备着中微子探测器，只要从3000米之内对小艇扫描，就能发现它上面的毒品。沃纳大叔甚至想到了用微型潜艇，但美国人完善了冷战时期的水下监测网，潜艇在距海岸很远时就会被发现。

现在，沃纳大叔束手无策了，他恨科学家，是他们造成了这一切。但从另一方面想，科学家也同样能帮助自己。于是，他让在美国读书的小儿子做这方面的努力，告诉他不要舍不得钱。今天上午，小沃纳从另一艘船上了游艇，告诉父亲他找到了要找的人，“他是个天才，爸爸，是我在加州理工认识的。”

沃纳的鼻子轻蔑地动了动，“哼，天才？你在加州理工已浪费了三年时间，并没有成为天才，天才真那么好找吗？”

“可他真是天才，爸爸！”

沃纳转身坐回游艇前甲板的一张躺椅上，掏出那把精致的小刀削着一个菠萝。那两个南美女郎走过来在他肉乎乎的肩膀上按摩着。小沃纳领来的人一直远远站在船舷边看大海，这时他走过来。他看上去惊人的瘦，脖子是一根细棍，细得很难让人相信能支撑得住他那大得不成比例的头，这使他看起来多少有些异类的感觉。

“戴维·霍普金斯博士，海洋生物学家。”小沃纳介绍说。

“听说您能帮我们的忙，先生。”沃纳脸上带着他那圣诞老人的笑说。

“是的，我能帮您把货运上海岸。”霍普金斯脸上无表情地说。

“用什么？”沃纳懒洋洋地问。

“鲸。”霍普金斯简短地回答。这时小沃纳挥了一下手，他的两个人抬来一件奇怪的东西。这是一个透明的小舱体，用类似透明塑料的某种材料做成，呈线形，高一米，长两米，舱体的空间同小汽车里差不多大，里面有两个座位，座位前有带着一个微型屏幕的简单仪表盘，座位后面还有一定的空间，显然是为了放货用的。

“这个舱体能装两个人和约一吨的货。”霍普金斯说。

“那么这玩意儿如何在水下走500公里路到达迈阿密海岸呢？”

“鲸把它含在嘴里。”

沃纳狂笑起来，他那由细尖变粗放的笑用来表达了几乎所有的感情：高兴、愤怒、怀疑、绝望、恐惧、悲哀……每次的大笑都一样，代表什么只有他自己知道。“妙极了孩子，那么我得付给那头鲸鱼多少钱，它才能按我们说的方向游到我们要去的地点呢？”

“鲸不是鱼，它是海洋哺乳动物。您只需把钱付给我，我已在那头鲸的大脑中安放了生物电极，在它的大脑中还有一台计算机接收外部信号，并把它翻译成鲸的脑电波信号，这样在外部就可以控制鲸的一切活动，就用这个装置。”霍普金斯从口袋中拿出了一个电视遥控器模样的东西。

沃纳更剧烈地狂笑起来，“哈哈哈哈……这孩子一定看过《木偶奇遇记》，哈哈……啊……哈哈……”他笑得弯下了腰，喘不过气来，手里的菠萝掉在地上。“……哈哈……那个木偶，哦，皮诺曹，同一个老头儿让一头大鱼吃到肚子里……哈哈……”

“爸爸，您听他说下去，他的办法真能行！”小沃纳请求道。

“……啊哈哈哈……皮诺曹和那个老头儿在鱼肚子里过了很长时间，他们还在那里面……哈哈哈哈……在那里面点蜡烛……哈哈哈哈……”

沃纳突然止住了笑，他的狂笑消失之快，就像电灯关掉电源那样，可圣诞老人的微笑还留着。他问身后的一个女郎：“皮诺曹说谎后，怎么来着？”

“鼻子变长了。”女郎回答说。

沃纳站起来，一手拿着削菠萝的小刀，一手托起霍普金斯的下巴，研究着他的鼻子，后者平静地看着他。“你们看他的鼻子在变长吗？”他微笑着问女郎们。

“在变长，大叔！”她们中的一个娇滴滴地说，显然看别人在沃纳大叔手下倒霉是她们的一种乐趣。

“那我们帮帮他。”沃纳说着，他的儿子来不及阻拦，那把锋利的小刀就把霍普金斯的鼻子尖切下一块。血流了出来，但霍普金斯仍是那么平静，沃纳放开他的下巴后他仍垂手站在那儿任血向下流，仿佛鼻子不是长在他脑袋上。

“把这个天才放到这玩意儿里面，扔到海里去。”沃纳轻轻地挥了一下手。当两个南美大汉把霍普金斯塞进透明小舱后，沃纳把那个遥控器拾起来，从小舱的门递给霍普金斯，就像圣诞老人递给孩子一个玩具那样亲切，“拿着，叫来你那宝贝鲸鱼……哈哈哈……”他又狂笑起来。当小舱在海中溅起高高的水花时，他收敛笑容，显出少有的严肃。

“你迟早得死在这上面。”他对儿子说。

透明小舱在海面上随波起伏，像一个气泡那样脆弱而无助。

突然，游艇上的两个女郎惊叫起来，在距船舷二百多米处，海面上涌起了一个巨大的水包，那水包以惊人的速度移动着，很快从正中分开化为两道巨浪，一条黑色的山脊在巨浪中出现了。

“这是一头蓝鲸，长 48 米，霍普金斯叫它波塞冬，希腊神话中海神的名字。”小沃纳伏在父亲耳边说。

山脊在距小舱几十米处消失了，接着它巨大的尾巴在海面竖立起来，像一面黑色的巨帆。很快，蓝鲸的巨头在小舱不远处出现，巨头张开大嘴，一下把小舱吞了进去，就像普通的鱼吃一块面包屑一样。然后，蓝鲸绕着游艇游了起来，那座生命的小山在海面庄严地移动，激起的巨浪冲击着游艇，发出轰轰的巨响。在这景象面前，即使像沃纳这样目空一切的人也感到了一种敬畏，那是人见到了神的感觉，这是大海神力的化身，是大自然神力的化身。蓝鲸绕着游艇游了一圈后，转向径直朝游艇冲来，它的巨头在船边伸出海面，船上的人清楚地看到它那黏着蚌壳的礁石般粗糙的皮肤，这时他们才真正体会到蓝鲸的巨大。接着蓝鲸张开了大嘴，把小舱吐了出来，小舱沿着一条几乎水平的线掠过船舷，滚落在甲板上。舱门打开，霍普金斯爬了出来，他鼻子上流出的血已把胸前的衣服湿了一片，但除此之外安然无恙。

“还不快叫医生来，没看到皮诺曹博士受伤了吗?!”沃纳大叫起来，好像霍普金斯的伤同他无关似的。

“我叫戴维·霍普金斯。”霍普金斯庄严地说。

“我就叫你皮诺曹。”沃纳又露出他那圣诞老人的笑。

几个小时后，沃纳和霍普金斯钻进了透明小舱。装在防水袋中的一吨海洛因放在座位后面。沃纳决定亲自去，他需要冒险来激活他血管中已呆滞的血液，这无疑是他一生中最刺激的一次旅行。小舱被游艇上的水手用缆绳轻轻放到海面上，然后游艇慢慢地驶离小舱。

小舱里的两个人立刻感到了颠簸，小舱有二分之一露出水面，大西洋的落日照进舱里。霍普金斯按动遥控器上的几个键，召唤蓝鲸。他们听到远处海水低沉的搅动声，这声音越来越大，蓝鲸的大嘴出现在海面上，向他们压过来，小舱好像被飞速吸进一个黑洞中，光亮的空间迅速缩小，变成一条线，最后消失了，一切都陷入黑暗中，只听到咔的一声巨响，那是蓝鲸的巨牙合拢的撞击声。接着是一阵电梯下降时的失重感，表明蓝鲸在向深海潜去。

“妙极了皮诺曹……哈哈哈……”沃纳在黑暗中又狂笑起来，表示或掩盖他的恐惧。

“我们点上蜡烛吧，先生。”霍普金斯说，他的声音听起来快乐自在，这是他的世界了。沃纳意识到了这点，恐惧又加深了一层。这时，小舱里一盏灯亮了起来，灯在小舱的顶部，发出蓝幽幽的冷光。

沃纳首先看到的是小舱外面的一排白色的柱子，那些柱子有一人多高，从底向头部渐渐变尖，上下交错组成了一道栅栏。他很快意识到这是蓝鲸的牙齿。小舱似乎放在一片柔软的泥沼上，那泥沼的表面还在不停地蠕动。上方像一个拱顶，可以看到一道道由巨大骨骼构成的拱梁。“泥沼地面”和上方的拱梁都向后倾斜，到达一个黑色的大洞口，那洞口也在不断地变换着形状，沃纳又开始神经质地大笑了，他知道那洞口是蓝鲸的嗓子眼儿。周围飘着一层湿雾，在灯的蓝光下，他们仿佛置身于神话里的魔洞中。

小舱里的小屏幕上显示出一幅巴哈马群岛和迈阿密海区的海图，霍普金斯开始用遥控器“驾驶”蓝鲸，海图上一条航迹开始露头，它精确地指向迈阿密海岸沃纳要去的地方。“航程开始了，波塞冬的速度很快，我们五个小时左右就能到达。”霍普金斯说。

“我们在这里不会闷死吧？”沃纳尽量不显出他的担心。

“当然不会，我说过鲸是哺乳动物，它也呼吸氧气，我们周围有足够的氧气，通过一个过滤装置我们就可以维持正常的呼吸。”“皮诺曹，你真是个魔鬼！你怎么做到这一切的？比如说，你怎样把控制电极和计算机放进这个大家伙的脑子中？”

“一个人是做不到的。首先需要麻醉它，所用的麻醉剂有五百公斤。这是一个耗资几十亿元的军事科研项目，我曾是这个项目的负责人。波塞冬是美国海军的财产，在冷战时期用来向华约国家的海岸输送间谍和特种部队。我还主持过一些别的项目，比如，在海豚或鲨鱼的大脑中埋入电极，然后在它们身上绑上炸弹，使它们变成可控制的鱼雷。我为这个国家做了很多的事情，可后来，国防预算削减了，他们就把我一脚踢出来。我在离开研究院的时候，把波塞冬也一起带走了。这些年来，我和它游遍了各个大洋……”

“那么，皮诺曹，你用你的波塞冬干现在这件事，有没有道德上的，嗯，困扰呢？当然你会觉得我谈道德很可笑，但我在南美的提炼厂里有很多化学家和工程师，他们常常有这种困扰。”

“我一点没有，先生。人类用这些天真的动物为他们肮脏的战争服务，这已经是最大的不道德了。我为国家和军队做出了巨大的贡献，有资格得到我想要的东西，既然社会不给，只好自己来拿。”

“哈哈哈哈……对，只好自己拿！哈哈哈……”沃纳笑着，突然止住，“听，这是什么声音？！”

“是波塞冬的喷水声，它在呼吸。小舱里装有一个灵敏的声呐，能放大外面的所有声音。听……”

一阵嗡嗡声，夹杂着水击声，由小变大，然后又变小，渐渐消失。

“这是一艘万吨级的油轮。”

突然，前面两排巨牙缓缓动了起来，海水汹涌地涌了进来，发出轰轰的巨响，小舱很快被浸在水中。霍普金斯按动一个按键，小屏幕上的海图消失了，代之以复杂的波形，这是蓝鲸的脑电波。“哦，波塞冬发现了鱼群，它要吃饭了。”蓝鲸的嘴张开了一个大口，小舱面对着深海漆黑的无底深渊。突然，鱼群出现了，它们蜂拥着进入了大口，猛烈地冲撞着小舱，小舱中两个人面前，全是在灯光中闪着耀眼银光的鱼群，它们并不知道自己的命运，觉得这只是一个大珊瑚洞而已。咔的一声巨响，透过纷飞的鱼群，可隐约看到巨牙合拢了，但蓝鲸巨大的嘴唇还开着，这时响起一阵水流的尖啸声，鱼群突然倒退，退到巨牙的栅栏时被堵住了，沃纳很快意识到这是鲸嘴里的海水在向外排，巨大的气压在把同鱼群一起冲入的海水压出去。他惊奇地看到，在鲸嘴产生的巨大压力下，水面垂直着从小舱边移过去。很快，鲸嘴里的海水排空了，吸入的鱼群变成乱蹦乱跳的一堆，堆在巨牙的栅栏前。小舱下的柔软的“地面”开始蠕动，这蠕动在“地面”上形成了一排排飞快移动的波状起伏，鱼堆随着这起伏向后移去。当沃纳明白了这是在干什么时，恐惧使他从头冷到了脚。

“放心，波塞冬不会把我们咽下去的。”霍普金斯明白沃纳恐惧的原因，“它能识别出我们，就像您吃瓜子能识别出皮和仁一样。小舱对它进食会有一定的影响，但它已习惯了。有时候鱼群很大，它在吃前可暂时把小舱吐出来。”

沃纳松了一口气，他还想狂笑，可已没有力气了。他呆呆地看着鱼堆慢慢地移过了纹丝不动的小舱，移向后面那黑暗的大洞，当二三吨重的那堆鱼在蓝鲸巨大的喉咙里消失时，响起了一阵山崩似的声音。

震惊使沃纳呆呆地沉默着，就这样过了很长时间。霍普金斯突然推了推他："听音乐吗？"说着他放大了声呐扬声器的音量。

沃纳听到了一阵低沉的隆隆声，他不解地看着霍普金斯。

"这是波塞冬在唱歌，这是鲸歌。"

渐渐地，沃纳从这低沉的时断时续的轰鸣声中听出了某种节奏，甚至又听出了旋律……"它干什么，求偶吗？"

"不全是。海洋科学家们研究鲸歌有很长时间了，至今无法明了其含义。"

"可能根本没有什么含义。"

"恰恰相反，含义太深了，深到人类无法理解。科学家们认为这是一种音乐语言，但同时表达了许多人类语言难以表达的东西。"

鲸歌在响着，这是大海的灵魂在歌唱。鲸歌中，上古的闪电击打着的原始的海洋，生命如萤火在混沌的海水中闪现；鲸歌中，生命睁着好奇而畏惧的眼睛，用带着鳞片的脚，第一次从大海踏上火山还没熄灭的陆地；鲸歌中，恐龙帝国在寒冷中灭亡，时光飞逝，沧海桑田，智慧如小草，在冰川过后的初暖中萌生；鲸歌中，文明幽灵般出现在各个大陆，亚特兰蒂斯在闪光和巨响中沉入洋底……一次次海战，鲜血染红了大海；数不清的帝国诞生了，又灭亡了，一切的一切都是过眼烟云……蓝鲸用它那古老得无法想象的记忆唱着生命之歌，全然没有感觉到它含在嘴中的渺小的罪恶……

蓝鲸于午夜到达迈阿密海岸。以后的一切都惊人的顺利。为避免搁浅，蓝鲸在距海岸200多米处停了下来。今夜月亮很好，沃纳和霍普金斯可清楚地看到岸上的棕榈树丛。接货的人有8个，都穿着轻便潜水服，很顺利地把这一吨货运到了岸上，并爽快地付了沃纳报出的最高价，还许诺以后有多少要多少。他们很惊奇这两个人和那个透明小舱能穿过严密的海上防线，甚至一开始不知他们是人是鬼（这时霍普金斯已操纵波塞冬远远游开了）。半小时后，接货的人已走远，霍普金斯唤回了蓝鲸，带着满满两手提箱美元现钞，他们踏上了归程。

“好极了，皮诺曹！”沃纳兴高采烈地说，“这次的收入全归你，以后的收入我们再按比例分成。你已经是一个千万富翁了，皮诺曹！……哈哈哈……我们还要跑二十多趟才能把二十多吨的货都出手。”

“可能用不了那么多趟，我觉得经过一些改进，我们一次可带二吨到三吨。”

“哈哈哈哈……好极了，皮诺曹!”

在海下平静的航程中，沃纳睡着了。不知过了多长时间，他被霍普金斯推醒，他看看小屏幕上的海图和航迹，发现航程已走了三分之二，似乎没有什么异常。霍普金斯让他注意听，他听到了一艘海面航船的声音，在以前的航程中这已司空见惯，他不解地看看霍普金斯。但接着听下去，他知道事情不对：与以前不同，这次声音的大小没有变化。

那条船在跟着蓝鲸。

“多长时间了?”沃纳问。

“有半个小时了，这期间我变换了几次航向。”

“怎么会呢?海岸警卫队的巡逻艇不会对一头鲸进行中微子扫描的。”

“扫描又怎样，鲸上现在并没有毒品。”

“而且，要想收拾我们，在迈阿密海岸最方便，为什么要等到这时?”沃纳迷惑不解地看看屏幕上的海图，他们已越过了佛罗里达海峡，现在接近古巴海岸。

“波塞冬要换气了，我们不得不浮上海面，只十几秒钟就行了。”霍普金斯拿起了遥控器，沃纳慢慢地点点头，霍普金斯按动遥控器，他们感到一阵超重，蓝鲸上浮了，很快，他们听到了一阵浪声，鲸在海面上了。

突然，声呐中传来了一声闷响，小舱里感觉到一阵震动。接着又一声同样的响声，这次蓝鲸的震动变得疯狂起来，小舱在鲸嘴里来回滚动，几次重重地撞在巨牙上，发出了一阵破裂声，两个人几乎被撞昏过去。

“那船向我们开炮了！”霍普金斯惊叫道。他用遥控器极力稳住了蓝鲸，然后发出了下潜的指令，但蓝鲸没有执行这个指令，仍在海面上无目标地狂奔。霍普金斯感到了一阵颤抖，那颤抖发自蓝鲸庞大的身躯，这是疼痛的颤抖。

“我们快出去，不然就晚了！”沃纳大叫。

霍普金斯发出了吐出小舱的指令，这次蓝鲸执行了，小舱从它的嘴里以惊人的速度冲了出去，并很快浮上了海面。朝阳已在大西洋上升起，阳光使他们一时眯起了双眼。但他们很快发现自己的双脚浸在水中，刚才在鲸牙上的猛烈撞击已把小舱撞出了几个破口，海水涌了进来。整个小舱已严重变形，他们拼尽了全力也没能拉开舱门逃生。他们开始用一切可找到的东西堵口，甚至用上了手提箱中那一捆捆的钞票，但没有用，海水继续涌了进来，很快小舱中的水就有齐胸深了。在小舱下沉前的一刻，霍普金斯看到了那只船，那是一艘很大的船；他还看到了船头的那门形状奇怪的炮，看到了炮口火光一闪，看到了那发箭状的带绳子的炮弹击中了挣扎着的蓝鲸的脊背。蓝鲸用最后的力气在海面翻起了巨浪，它的鲜血已使一大片海面变成了红色……小舱下沉了，在蓝鲸茫茫的红色的血雾中沉下去。

“我们死在谁手里？”当水已淹到下巴时，沃纳问。

“捕鲸船。”霍普金斯回答。

沃纳最后一次狂笑起来。

“国际公约早在五年前就全面禁止捕鲸了！这群狗娘养的！！”霍普金斯破口大骂。

沃纳继续狂笑着，“……哈哈哈哈……他们不讲道德……哈哈哈哈……社会不给他们……哈哈哈哈……他们自己来拿……哈哈……自己来拿……”

海水淹没了小舱中的一切，在残存的意识中，霍普金斯和沃纳听到了蓝鲸波塞冬又唱起了凝重的鲸歌，那生命最后的歌声穿透血色的海水，在大西洋中久久地回荡、回荡……

太原诅咒

诅咒1.0诞生于2009年12月8日。

这是金融危机的第二年，人们本来以为危机已快要结束了，没想到只是开始，所以社会处于一种焦躁的情绪中，每个人都需要发泄，并积极创造发泄的方式，诅咒的诞生也许与这种氛围有关。诅咒的作者是一个女孩儿，18岁至28岁之间，关于她，后来的IT考古学家们能知道的就这么多。诅咒的对象是一个男孩儿，20岁，他的情况却都记载得很清楚，他叫撒碧，在太原工业大学上大四。他和那女孩儿之间发生的事儿没什么特别的，也就是少男少女之间每天都在发生的那些个事儿，后来有上千个版本，这里面可能有一个版本是真实的，但人们不知道是哪一个。反正他们之间的事情都结束后，那女孩儿对那男孩儿恨透了，于是编写了诅咒1.0。

女孩儿是个编程高手，真的不知道她是怎样学来的这个本事。在这个IT从业者人数急剧膨胀的年代，真正精通系统底层编程的人却并未增加，因为能用的工具太多了，也太方便了，没必要像苦力似的一行行编代码，大部分都可以用工具直接生成。即使像女孩儿要做的编写病毒这样的活计也是一样的，有众多的、功能强大的黑客工具，所谓编写病毒不过是把几个现成模块组装起来就行，或更简单，对单个模块修改一下即可。在诅咒之前，大规模流行的最后一个病毒“熊猫烧香”就是这么弄出来的。但这个女孩儿却是从头做起，没有借助任何工具，自己一行一行地写代码，像勤劳的农家女用原始的织布机把棉线一根一根织成布。想象她伏在电脑前咬牙切齿敲键盘的样子，我们不由想起海涅的《西里西亚织工》中的两句诗：老德意志，我们在织你的尸布，我们织！我们织！！

诅咒1.0是历史上在传播方面最成功的计算机病毒，它成功的主要原因在两个方面。首先，诅咒不对感染者进行任何破坏（其实其他的病毒大部分也没有破坏企图，所造成的破坏是其低劣的传播或表现技术所致，诅咒在避免传播中的副作用方面做得很完善）；它的表现也很克制，在大部分被感染的电脑上都没有任何表现，只有当系统条件组合符合某一条件时（大约占总感染数的十分之一），才进行表现，且每台机器只表现一次。具体的表现方式为：在被感染的电脑上弹出一个显示：

撒碧去死吧！！！！！！！！！

如果点击这个显示，就会出现关于撒碧更多的信息，告诉你这个被诅咒者位于中国山西省太原市太原工业大学××系××专业××班××宿舍楼××寝室。如果不点击，这个显示将在三秒钟内消失，且永不在这台电脑上重新出现，因为被记忆的有硬件信息，所以即使重装系统后也一样。

诅咒1.0成功传播的第二个原因在于系统拟态技术，这倒不是女孩儿的发明，但这项技术被她熟练地用到了极致。系统拟态就是把病毒代码的很多部分做成与系统代码相同，且采用与系统进程类似的行为方式，杀毒软件在杀灭该病毒时，极有可能把系统也破坏掉，最后不得不使其投鼠忌器。其实，瑞星、NORTON等都曾盯上过诅咒1.0，但发现会惹上越来越多的麻烦，甚至发生过比NORTON在2007年误删Windows XP系统文件更恶劣的后果，加上诅咒1.0在传播中没出现任何破坏行为，且所占系统资源也微不足道，就先后把它从病毒特征库中删掉了。

诅咒诞生之日，正是写科幻的刘慈欣第264次因公来太原之时，尽管这是他最讨厌的一座城市，每次来时还都要逛街，都是到柳巷的一个小店去为他那老掉牙的ZIPPO打火机买一瓶专用汽油，这是目前极少数不能从淘宝网或eBay邮购的东西。前两天刚下过雪，像每次下雪一样，这时的雪地被压成了黑乎乎的冰，他摔了一跤，屁股的疼让他忘了在进火车站时把那一小瓶汽油从旅行包中拿出来装到衣袋中，结果过安检时被查了出来，没收后又被罚款200元。

他更讨厌这座城市了。

诅咒1.0流传下去，5年，10年，它仍然在日益扩展的网络世界静悄悄地繁衍生息。

这期间，金融危机过去了，繁荣再次到来。随着石油资源的渐渐枯竭，煤炭在世界能源中的比重迅速增加，地下的黑金为山西带来滚滚财源，使其成为亚洲的阿拉伯，省会太原自然也就成了新的迪拜。这是一个具有煤老板性格的城市，过去穷怕了，即使在21世纪初仍处于贫寒的日子里，也是下面穿露屁股的破裤子，上身着名牌西装，在下岗工人成天堵大街的情况下建起国内最豪华的歌厅和洗浴中心。现在成了真正的暴发户，更是在歇斯底里的狂笑中穷奢极侈，迎泽大街两旁的超高建筑群令上海浦东相形见绌，而这条除长安街外全国最宽直的大街则成了终日难见阳光的深谷。有钱和没钱的人怀着梦想与欲望涌入这座城市，立刻忘记了自己是谁和想要什么，只是跌入繁华喧闹的旋涡旋转着，一年转365圈。

这天，第397次来太原的刘慈欣又到柳巷去买汽油，忽见街上有一位飘逸帅哥，他的长发中那一缕雪白格外引人注目，他就是先写科幻后写奇幻再后来科幻奇幻都写的潘大角。被太原的繁荣所吸引，大角抛弃上海移居太原。大刘和大角当初分别处于科幻的硬软两头儿，此时相见不亦乐乎。在一家头脑店（头脑是本地的一种传统美食）酒酣耳热之时，刘慈欣眉飞色舞地说出了自己下一步的宏伟创作计划：计划写一部十卷300万字的科幻史诗，描写200个文明的2000次毁灭和多次因真空衰变而发生的宇宙格式化，最后以整个已知宇宙漏入一个抽水马桶般的超级黑洞结束。大角很受感染，认为两人有合作的可能：同一个史诗构思，刘慈欣写硬得不能再硬的科幻版，面向男读者；大角写软得不能再软的奇幻版，面向女读者们。大刘大角一拍即合，立刻抛弃一切俗务投身创作。

在诅咒1.0 10岁生日时，它的末日也快到了。VISTA以后，微软实在难以找到对操作系统频繁升级的理由，这多少延长了诅咒1.0的寿命，但操作系统就像暴发户的老婆，升级总是不可避免的，诅咒1.0代码的兼容性越来越差，很快就将沉入网络海洋的底部，成为死亡的沙子销声匿迹。但此时，诞生了一门新的学科：IT 考古学。按说网络世界的历史还不到半个世纪，没什么古可考，可仍然有很多怀旧的人热衷此道。IT 考古主要是发掘那些仍活在网络世界某些犄角旮旯的东西，比如 10 年来都没有点击过但仍能点开的网页，20 年没有人光顾但仍能注册发帖的 BBS，等等。在这些虚拟古董中，来自“远古”的病毒是 IT 考古学家们最热衷寻找的，如果能找到一个十多年前诞生的仍在网上活着的病毒，就有在天地中发现恐龙一般的感觉。

诅咒 1.0 被发现了，发现者把病毒的全部代码升级到新的操作系统下，这样就能保证它再存活 10 年。这人并没有张扬，也许这是为了他所珍爱的这件古董更顺利地存活下去。这就是诅咒 2.0。人们把 10 年前诅咒 1.0 的创造者叫诅咒始祖，把这个 IT 考古学家叫诅咒升级者。

诅咒 2.0 在网上出现的那一刻，在太原火车站附近的一个垃圾桶旁，大刘和大角正里争抢刚从桶中翻找到的半袋方便面。他们卧薪尝胆五六年，各自写出两部 300 万字的十卷本科幻和奇幻史诗，书名分别为《三千体》《九万洲》。两人对这两部巨作充满信心，但找不到出版者，于是一起变卖了包括房子在内的全部家产并预支了所有退休金自费出版，最后，《三千体》和《九万洲》的销量分别是15本和27本，总数42本，科幻迷都知道这是个吉利的数字。在太原举行的同样是自费的隆重签售仪式后，两人就开始了流浪生涯。

太原是一个最适合流浪的城市，在这个穷奢极侈的大都市里，垃圾桶里的食品是取之不尽的，最次也能找到几粒被丢弃的工作丸（见后文）。住的地方也问题不大，太原模仿迪拜，在每一个公交候车亭里都装上了冷暖空调。如果暂时厌倦街头，还可以去救助站待几天，那里不仅有吃有住，太原久已繁荣的性服务业还响应政府的号召，把每周日定为对弱势群体的性援助日，救助站就是那些来自红灯区的志愿者开展活动的地方之一。在城市各阶层幸福指数调查中，盲流乞丐位列榜首，所以大刘和大角都后悔没有早些投入这种生活。

两人最惬意的时候是《科幻大王》编辑部每周一次的请客，一般都是去唐都这样的高级地方。太原的《科幻大王》杂志深得科幻的精髓，知道这种文学体裁的灵魂就是神奇感和疏离感，而现在高技术幻想已经没有这种感觉了，技术奇迹是最平淡不过的事儿，每天都在发生；倒是低技术具有神奇和疏离感，于是他们创立了幻想未来低技术时代的反浪潮科幻，取得巨大成功，迎来了世界科幻的第二个黄金时代。为了彰显反浪潮科幻的理念，《科幻大王》编辑部拒绝一切电脑和网络，只接收手写稿件，用铅字排版印刷，还用每匹相当于一辆宝马车的价格买回几十匹蒙古马，并在编辑部旁建设豪华的马厩，杂志社人员出行一律骑着绝对没有上网的骏马，城市某处如果听到嗒嗒的清脆马蹄声，那就是SFK的人来了。他们常请刘慈欣和大角吃饭，除了他们以前写过科幻外，还因为虽然他们现在写的科幻已经很不科幻了，但按照反浪潮科幻的理念，他们却是十分科幻的，因为他们上不起网，也很低技术。

SFK、大刘和大角都不知道，他们的这个共同的特点将救他们的命。

诅咒2.0又流传了七年，这时，一个后来被称为诅咒武装者的女人发现了它。她仔细研究了诅咒2.0的代码，即使经过升级，她仍能感受到17年前诅咒始祖的仇恨和怨念，她与始祖有着相同的经历，也处于每天像牙痛般咒恨某个男人的阶段，但她觉得那个17年前的女孩儿既可怜又可笑：这么做有何意义？真能动那个臭男人撒碧一根汗毛吗？这就像百年前的怨女们在写了名字的小布人儿上扎针的愚蠢游戏一样，解决不了任何问题，结果只是使自己更郁闷。还是让姐姐来帮帮你吧（正常情况下诅咒始祖应该活着，但诅咒武装者肯定要叫她阿姨了）。

17 年后的今天已经完全是一个新时代了，这时，世界上的一切都落网了。这么说是因为，在 17 年前网络上的东西只有电脑，但今天的网络就像一棵超级圣诞树，这世界上的几乎所有东西都挂在上面闪闪发光。以家庭为例，家里所有通电的东西都联上了网并受其控制，甚至连指甲刀和开瓶器也不例外，前者可通过剪下来的指甲判断你是否缺钙并通过短信或 e－mail告知，后者可判断酒是否真品并发中奖通知，而对于过度酗酒者，则间隔很长时间才能开一次瓶……在这种情况下，通过诅咒病毒直接操纵硬件世界成为可能。

诅咒武装者给诅咒 2.0 增加了一个功能：如果撒碧坐出租车，就撞死他！

其实对于这个时代的一个 AI 编程高手来说，这点并不难做到。现在的汽车已经全部无人驾驶，网络就是驾驶员，乘客上出租车时要刷卡，这时新的诅咒就可通过信用卡识别他的身份。只要上了车并被识别，杀他的方法多不胜数，最简单的就是径直撞向路边的建筑物，或从桥上开下去。但诅咒武装者想了想，并不愿简单地撞死撒碧，而是为他选择了一个更为浪漫的死法，完全配得上他对 17 年前的那个妹妹做的事（其实诅咒武装者和别人一样，根本不知道撒碧对始祖做错了什么，也可能错根本不在这男孩儿)。经她升级的诅咒在得知目标上车后，就不理会他设定的目的地，疯狂猛开，从太原一直开到张家口，现在，那里再向前已经是一片沙漠了，车就停在沙漠深处，并切断与外界的一切通信联系（这时诅咒已经驻留车内电脑中，不需网络了)。这辆出租车被发现的可能性很小，如果偶尔有人或车靠近，它就立刻躲到沙漠的另一处。无论过去多长时间，车门从内部是绝对打不开的。这样，如果在冬天，撒碧将被冻死；如果在夏天，撒碧将被热死；如果在春秋，撒碧将被渴死、饿死。

就这样，诅咒3.0诞生了，这是真正的诅咒。

诅咒武装者是一名AI艺术家，也是一族新新人类，她通过操纵网络做出一些没有实际意义但具有美感（当然这个时代的美感与十几年前不是一回事了）的行为艺术，比如让全城的汽车同时鸣笛并奏出某种旋律、让大酒店的亮灯窗口组成某个图形等。诅咒3.0就是一件这样的作品，不管其是否真能实现其功能，但它本身就构成了一件卓越的艺术品，因而在第2026年上海现代艺术双年展上得到好评，虽然因其人身伤害内容被警方宣布为非法，但仍在网上进一步流传开来，众多的AI艺术家加入了对这一作品的集体创作，诅咒3.0飞快进化，越来越多的功能被添加进来：

如果撒碧在家，煤气熏死他！这也比较容易，因为每家的厨房都由网络控制，这样户主们就可以在外面遥控厨房做饭，这当然包括打开煤气的功能，而诅咒3.0当然可以使房间里的有害气体报警器失效。

如果撒碧在家，放火烧死他！很容易，包括煤气在内，家里有很多可以点火的东西，如摩丝、发胶什么的，都联在网上（可通过网络由专业发型师做头发），火焰报警器和灭火器当然也可以失效。

如果撒碧洗澡，放开水烫死他！如上，很容易。

如果撒碧去医院看病，开药毒死他！这个稍有些复杂，给目标开特定的药是很容易的，因为现在医院的药房全部是自动取药，且药库系统都联网，关键是药品的包装问题，撒碧不是傻子，要让他拿到药后愿意吃才行。要做到这点，诅咒3.0需要追溯到制药厂的生产包装和销售环节，要有一盒表里不一的药只卖给目标，这真的有些复杂，但能做到，而且对于AI艺术来说，越复杂，作品的观赏价值就越高。

如果撒碧坐飞机，摔死他！这不容易，比出租车操作难多了，因为被诅咒的只有撒碧一人，诅咒3.0不能杀死其他人，而撒碧大概没有专机，所以摔死他是不可能的。但可以这样：目标所乘的飞机舱内突然在高空失压（用开舱门或别的什么办法），这时，在所有乘客都戴上的氧气面罩中，只有撒碧的面罩中没有氧气。

如果撒碧吃饭，噎死他！这个看似荒唐，其实十分简单。现代社会的超快节奏催生了超快餐食品，就是一粒小小的药丸，叫工作丸。工作丸密度很大，拿在手中沉甸甸的像一颗子弹头，服下去后会在胃中膨化，类似于以前的压缩饼干。关键在生产过程中，工作丸的膨化速度是可以控制的，诅咒3.0可以用与开药类似的方式在生产过程中做手脚，生产出一粒超快速膨化的工作丸，再控制销售过程专卖给撒碧，他在进工作餐时，喝水把工作丸送下去，结果小丸在嗓子眼儿就膨化了。

……

但诅咒3.0从来没有找到目标，也没有杀死过任何人。早在诅咒1.0诞生时，撒碧受到了不小的骚扰，还有媒体记者因此采访过他，使他不得不改了名，甚至连姓也改了。姓撒的人本来就很少，加上这个名字不雅的谐音，在这个城市里面没有重名。同时，病毒中记录的撒碧的工作单位和住址仍在他十几年前所上的大学，这使得定位他更不可能。诅咒曾经拥有了进入公安厅电脑追溯目标改名记录的功能，但没有成功。所以在以后的4年中，诅咒3.0仍然只是一件AI艺术品。

但诅咒通配者出现了，他们是大刘和大角。

通配符是一个古老的概念，源自导师时代（这是对操作系统的上古时代——DOS 操作系统时代的称呼），最常见的通配符有“*”和“?”两种，用于泛指字符串中的一切字符，其中“?”指代单一字串，“*”指代的字符数量不限，也最常用。比如：刘*，指姓刘的所有人；山西*，指以山西打头的所有字串，而如果只有一个*，则指代一切。所以在导师时代，Del *.*是一个邪恶的命令（Del 是删除命令，而 DOS 系统下的文件全名分为文件名和扩展名两部分，用 . 隔开）。在以后的操作系统演进中，通配符功能一直存在，只是系统进入图形界面后人们很少使用命令行操作，一般人就渐渐把它淡忘了，但在包括诅咒 3.0 在内的各种软件中，它是可用的。

这天是中秋节，但明月在太原城的璀璨灯火中像个脏兮兮的烧饼。大刘、大角在五一广场的一个长椅子上坐下来，摆开他们下午从垃圾桶中翻出的 5 半瓶酒、两半袋平遥牛肉、几乎一整袋晋祠驴肉和三粒工作丸，准备庆祝一番。天刚黑的时候，大刘还从一个垃圾桶中翻出一台破笔记本电脑，他声称自己能把它修好，否则这一辈子计算机工作就算是白干了。他蹲在长椅旁紧张地鼓捣起来，同时和大角意犹未尽地回味着下午救助站的性援助。大刘热情地请大角把三粒工作丸都吃了，这样可为自己省下不少酒肉，但大角并不上当，一粒也没吃，只是喝酒、吃肉。

电脑很快就能用了，屏幕发出幽幽的蓝光，大角发现无线上网功能竟然也恢复了，就立刻抢过电脑，先上QQ，他的号已经不能用了；再上九洲网站、天空之城、豆瓣、水木清华、大江东去……那些链接都早已消失，最后扔下电脑长叹一声：“唉——昔人已乘黄鹤去。”

大刘拿过半瓶酒喝起来，看了看屏幕：“此地连黄鹤楼也没留下。”

然后大刘便细细查看电脑中的东西，发现里面安装了大量的黑客工具和病毒样本，这可能是一个黑客的本本，也许是在逃避AI警察的追捕时匆忙扔到垃圾桶中的。他顺手打开了一个桌面上的文件，是一个已经反编译出来的C程序，他认出了，这正是诅咒3.0。他随意翻阅着代码，回忆着自己编写电子诗人的时光，酒劲上来时翻到了目标识别参数那部分。

大角在一边喋喋不休地回忆着当年峥嵘的科幻岁月，大刘很快也受了感染，推开本本一同回忆起来。想当年，自己那上帝视角的、充满阳刚之气的毁灭史诗曾引起多少男人的共鸣啊，曾让他们中的多少人心中充满了军国主义和恐怖分子的万丈激情！可现在，15本，仅仅卖出15本！他又灌下去一大口，那还是一瓶老白汾，这酒的味道在这个年代已经面目全非，有点儿像威士忌了，但酒精度一点没减。他开始恨男读者，进而恨所有的男人，他两眼直勾勾地看着屏幕上诅咒3.0的目标参数，说："显拽的圆润木妖怪……胡东奇（现在的男人没一个好东西）。"他顺手把姓名由"撒碧"换成"*"、工作单位和住址也由"太原工业大学，××系，××专业，××宿舍楼，××寝室"换成了"*，*，*，*，*"，只有性别参数仍为"男"。

大角也处于一把鼻涕一把泪的感慨中。想当初，自己那色彩绚烂意境悠远的美文，如诗如梦，曾经迷倒多少女孩儿，连自己也成为她们的偶像。可现在，看看旁边经过的那些妙龄女孩儿，居然没一个人朝自己这边看一眼，这太让人失落了！他扔出一个已空的酒瓶，喃喃说道："圆润木素胡东奇，雨润豆素？（男人不是好东西，女人就是？）"说着，他把目标参数中的性别由"男"改成"女"。

大刘不干了，觉得这没女人什么事，自己那些粗陋的小说从来也不指望获得女读者的青睐，就又把性别参数改回"男"，大角再改成"女"，两人为惩罚自己的忘恩负义的读者群争执起来，太原也在成为寡妇城市和光棍城市的可能性之间摇摆不定。大刘和大角最后抡起酒瓶打了起来，直到一个巡警制止了他们。两人摸着脑袋上的鼓包，达成了一个妥协，把目标的性别参数改成了“*”，完成了咒诅3.0的通配。也许是因为打架的干扰，或已经烂醉，他们谁也没动“太原市、山西省、中国”这三个参数。这样，诅咒4.0诞生了。

太原被诅咒了。

新版诅咒诞生之际，立刻意识到了自己肩负的宏伟使命，由于这个操作太宏大了，诅咒4.0们没有立刻行动，而是留下足够的时间让自己充分繁殖，以达到操作所需的足够的数量，同时互相联系，慢慢生成一个统一行动的总体规划，规划的总原则是：对诅咒目标的清除首先从软性操作开始，然后过渡到硬操作并逐步升级。

10小时后晨曦初露时，操作开始。

软操作主要针对敏感的、神经脆弱的和冲动型的目标，特别是那些患有抑郁症和狂躁症的人，在这个心理病和心理咨询泛滥的时代，诅咒4.0很容易找到这类人。在第一批操作中，有3万名刚从医院完成检查的人被告之患有肝癌、胃癌、肺癌、脑癌、肠癌、淋巴癌、白血病，最多的是食道癌（本地区高发癌症），另有两万名刚化验过血的人被告之HIV阳性。这些结果并非来自简单的伪造诊断结果，而是由诅咒4.0直接操纵B超、CT、核磁共振仪、血液化验仪等医疗检查设备得出的“真实”结果，即使去不同医院复查，结果也一样。这5万人中，大部分都选择了治疗，但有400多人本来就不想活了，得知诊断结果后立刻一了百了，以后还陆续有做此选择的。随后，5万名敏感的、抑郁的或狂躁的人都接到了配偶或情人的电话，男人听到他们的女人说：你看你那个熊样屁本事没有你还像个男人吗，我已经和某某好了我们很和谐、很幸福；男人对他们的女人说：你已人老珠黄，其实你当初就是恐龙，我瞎了眼怎么看上你，现在我和小三在一起，我们很和谐，很幸福；这个诅咒4.0编造的情敌大都是目标本来就最讨厌的人。这5万人中，大部分都通过直接找对方质问而消除了误会，但也有约百分之一的人选择了他杀和自杀，其中的一部分两者同时做了。还有另外一些软操作，比如在已经势不两立、剑拔弩张的几大黑帮之间挑起大规模械斗，或把被判无期或有期徒刑的罪犯的判决书改成死刑并立即执行，等等。但总的来说，软操作效率很低，总共清除的目标也就是几千人。不过诅咒4.0有着正确的心态，知道大事情是从一点一滴做起的，勿以善小而不为，所有的手段一定要都试到。

在软操作中，诅咒4.0清除了自己最初的创造者。在创造诅咒以后的岁月中，诅咒始祖一直对男人加倍提防，20年来一直用最现代化的手段监视老公，几乎成为谍报专家。但突然接到一直安分守己的老公的一个电话，致使心脏病突发，送医院后又被输入进一步加剧心肌梗塞的药物，死于自己的诅咒下。

5天后，硬操作开始了。之前的软操作在城市中激发的超常的自杀和他杀率已经引起了高度恐慌，但诅咒4.0仍需避免政府的分析走上正确的轨道，所以硬操作的第一阶段仍进行得很隐蔽。首先，吃错药的病人数量急剧增加，这些药的包装都正常，但吃下去大部分一剂致命。同时，吃饭噎死的人也大量出现，都是工作丸在嗓子眼儿膨化所致；还有少部分是撑死的，因为工作丸的压缩密度大大超标，那些食客掂着沉甸甸的小丸，还以为物超所值呢。

第一次大规模清除操作是对自来水系统的操作。即使对于一切受控于网络人工智能的城市，把氰化物或介子气加入自来水也是不可能的，诅咒4.0选择了两种无害的转基因细菌，它们混合后则产生毒性。这两种细菌并不是同时加入到自来水系统中，而是先加一种，待其基本排净后再加第二种，两种物质的混合其实是在人体内进行的，后一种细菌与前一种在胃和血液中的残留发生作用生成毒性，如果这时仍不致命，那目标去医院取到的药物再与体内已有的两种细菌发生反应，做完最后的事。

这时，省公安厅和国家AI安全部已经定位了灾难的来源，针对诅咒4.0的专杀工具正在紧急开发中，于是，诅咒操作急剧加速和升级，由隐藏的暗流变为惊天动地的噩梦。

这天早晨的交通高峰时段，从城市的地下传来一连串的沉闷的爆炸声，这是地铁相撞的声音。太原市的地铁建成较晚，设计时正值城市成为暴发户的时候，所以十分先进，磁悬浮并在真空隧道中运行，以高速闻名，被称为准时空门，意思是从起点进去后很快就能从终点走出。因此它们的相撞也格外惨烈，地面因爆炸隆起一座座冒出浓烟的小山包，像城市突然长出的恶疮。

这时，城市中的大部分汽车已被诅咒控制（这个时代，所有的汽车都能在网络AI的控制下自动行驶），成为进行诅咒操作的最有力的工具。一时间，全城的上百万辆汽车像做布朗运动的分子那样横冲直撞，但这种撞击并非杂乱无章，而是遵循着经过严密优化计算的规律和顺序，每辆车首先尽可能多地清除车外行走的目标，所以在混乱的开始，发生撞击的车辆并不多，每辆车都在追逐并冲撞行人，车与车之间密切配合，对行人围追堵截，并在空地和广场上形成包围圈，最大的包围圈在五一广场，几千辆汽车围成一圈向中心撞击，一下子就清除了上万个目标。当外面的行人几乎都被清除或躲入建筑物时，汽车开始撞向附近的建筑物，以清除车内的目标。这种撞击同样是经过精密组织的，对于人口密集的大型建筑物，车辆会集中撞击，后面冲来的车会蹿到前面已撞毁的车上面，就这样一层层堆起来，在市里最高建筑三百层的煤交会大厦下面，撞来的车辆堆到十多层楼高，疯狂燃烧着，像是堆在大厦周围的一圈火化的柴堆。在大撞击的前夜，市里出现出租车集体排长队加油的奇观，在撞击时它们的油箱都是满的。与此同时，从城市两个机场强行起飞的上百架民航飞机也纷纷在市区着陆，像一堆巨型燃烧弹，加剧了火势。

政府发出紧急通告，宣布城市处于危机状态，呼吁人们待在家中。这个决定最初看来是正确的，因为与大型建筑相比，居民楼遭到的袭击并不严重，这是因为居民区的道路显然不像城市主要街道那么宽敞，大撞击开始后不久就堵塞了。但很快，诅咒4.0把每一户人家都变成死亡的陷阱，煤气和液化气全部开放，达到爆燃浓度后即点火引爆，一座座居民楼在爆炸中被火焰吞没，有的整座建筑都被炸飞了。

政府的下一步措施是全城断电，但这时城市中已经没电了，诅咒4.0失去了作用，但它们已经成功了。

整座城市陷入一片火海，火势迅速增大，其猛烈程度产生了第二次世界大战时期德累斯顿大轰炸的效应：城内的氧气被火焰耗尽，人即使逃离火区也难逃一死。

由于很少接触上网的东西，同其他哥们儿一样，大刘和大角逃过了诅咒最初的操作。在后期操作开始后，他们凭着在城市中长期步行练就的技巧，以与其高龄不相称的灵活躲过了多次汽车的冲撞，又凭着对市区道路的熟悉，在大火的初期幸存下来。但情况很快变得险恶了，整座城市变成火海时，他们正在还算宽阔的大营盘十字路口中心，窒息的热浪开始笼罩一切，周围高层建筑中的火焰像巨型蜥蜴的长舌般舔过来。描写过无数次宇宙毁灭的大刘此时惊慌失措，而作品充满人文主义温情的大角却镇定自若。

大角拂须环视着周围的火海，用悠长的语调说："早知毁灭如此壮观，当初何不写之？"

大刘两腿一软坐到地上："早知毁灭这么恐怖，当初写它真是吃饱撑的！唉，俺这个乌鸦嘴，这下可好……"

最后他们达成了一致：只有牵涉到自个儿的毁灭才是最刺激的毁灭。

这时，他们听到一个银铃般的声音，像这火海中的一块晶冰："刘和角，快走!!"循声望去，只见两匹快马如精灵般穿出火海，马上是SFK编辑部最漂亮的两个长发女孩，她们把大刘和大角拉上马背，骏马在火海的间隙中闪电般穿行，飞越过一排排燃烧的汽车残骸。不一会儿，眼前豁然开阔，马已奔上了汾河大桥。大刘和大角深吸清凉的空气，抱着女孩的纤腰，脸上感受着长发的轻拂，觉得这逃生之路还是太短了。

过了桥就基本进入安全地带，很快和SFK编辑部的其他人会合，他们都骑着高头大马，这威武的马队向晋祠方向走去，吸引着路边步行逃生者们惊羡的目光。大刘、大角和SFK们都看到，幸存者的队伍中还有一名骑自行车的人，之所以注意到他，是因为这年代自行车也都由网络控制，诅咒早就把所有的自行车完全锁死了。骑车的是一个上了年纪的男人，他是撒碧。

由于早年被诅咒病毒骚扰，撒碧对网络产生了本能的恐惧和厌恶，在生活中尽可能减少与网络的接触，比如他骑的自行车就是一辆20年前的老古董。他住的地方在汾河岸边，靠近城市边缘，在大撞击开始时，他就骑着这辆绝对没有上网的自行车逃了出来。其实，撒碧是这个时代少有的知足的人，对自己艳遇不断的一生很满足，这时就是死了也无怨无悔。

马队和撒碧最后上了山，大家站在山顶呆呆地看着下面燃烧的城市，这里狂风呼啸，风掠过周围的群山，从四面八方向心地刮向太原盆地，补充那里因热力而上升的空气。

距他们不远，省政府和市政府的主要成员正在走下载他们逃离火海的直升机。市长的口袋里还装着一份发言稿，那是即将到来的城庆日的发言。确定太原城的诞生日期颇费了番周折，专家们称：公元前497年前古晋阳城问世，历经春秋、战国至唐、五代等十几个朝代，太原一直是中国北方的一个军事重镇。从公元979年赵宋毁太原，新兴的太原又先后在宋、金、元、明、清等数朝中崛起，不仅是军事重镇，而且发展成为著名的文化古城和商业都会。于是提出了城庆口号：热烈庆祝太原建市2500年！现在，历经了25个世纪的城市正在火海中化为灰烬。

这时，同行的军用电台终于接通了与中央的联系，得知救援大军正在从全国四面八方赶来，但通信很快又中断了，只听到一片干扰声。一小时后接到报告，各救援队伍停止前进，空中的救援机群也转向或返回。

省AI安全局的一名负责人打开笔记本电脑，上面显示着最新编译的诅咒5.0的代码。在目标参数中，其中的“太原市”“山西省”“中国”也换成了“*”“*”“*”。

圆圆的肥皂泡

一

很多人生来就会莫名其妙地迷上一样东西，仿佛他的出生就是要和这东西约会似的，正是这样，圆圆迷上了肥皂泡。

圆圆出生后一直是一副无精打采的样子，连哭啼都像是在应付差事，显然这个世界让她很失望。

直到她第一次看到肥皂泡。

圆圆第一次看到肥皂泡时才五个月大，立刻在妈妈怀中手舞足蹈起来，小眼睛中爆发出足以使太阳、星辰都黯然失色的光芒，仿佛这才是她第一次真正地看到这个世界。

这是一个西北的正午，已经数月无雨，窗外，烈日下的城市迷漫着沙尘，在这异常干燥的世界中，那飘浮在空中的绚丽的水的精灵确实是绝美的东西，看到小女儿能认识到这种美，为她吹出肥皂泡的爸爸很高兴，抱着她的妈妈也很高兴，圆圆的妈妈放弃了还有一个月的产假，明天就要回实验室上班了。

二

时光飞逝，圆圆进幼儿园大班了，她仍然热爱肥皂泡。

这个星期天和爸爸出去玩儿，她的小衣袋中就装着吹泡泡的小瓶儿，爸爸许诺要让妈妈带她坐飞机吹泡泡。这并不是吹牛，他们真的去了近郊的一个简易机场，妈妈做飞播造林研究用的飞机就停在那里。那飞机让圆圆很失望，是一架破旧的双翼农用飞机，估计是那个已消失的社会主义联盟制造的，圆圆觉得它是旧木板做的，像童话中的猎人在森林中住的破木屋，真不相信这玩意儿能飞起来。但就这破飞机，妈妈也不让圆圆坐。

“今天是孩子生日，你还加班不回家，让圆圆坐坐飞机，总能给她个惊喜嘛！”爸爸说。

“惊喜什么呀，她这么大分量，我要少带多少树种？”妈妈说着，又把一个沉重的大塑料包吃力地搬进舱门。

圆圆觉得自己没有多少分量，咧嘴大哭起来。妈妈于是赶紧来哄女儿，她从仍放在地上的一堆大塑料袋中的一个里拿出一件奇怪的东西，样子和大小与胡萝卜差不多，头尖尖的呈流线型，屁股上还有一对用硬纸板做的尾翼，看上去像个小炸弹，但却是透明的，很好玩儿的样子。圆圆伸手去抓，但小手立刻又松开了，这玩意儿是冰做的。妈妈指着小炸弹中心的一个小黑粒，告诉圆圆那就是树种："飞机从好高的地方把这些冰炸弹扔下去，它们落到地上时会扎进沙土中。春天来了冰弹就会在沙土里悄悄地化开，化出的水会让种子发芽出苗。把好多好多这样的冰炸弹投下来，沙漠就会变绿，沙子就不会吹到我们圆圆的小脸儿上了……这是妈妈的研究项目，它能使西北干旱地区飞播造林的成活率提高一倍……"

"孩子懂什么成活率，真是，圆圆，咱们走!"爸爸抱起圆圆，气鼓鼓地走了，妈妈没有留他们，只是赶紧又捧了一下女儿的脸蛋儿。

圆圆感到妈妈的手比爸爸的粗糙多了。

圆圆伏在爸爸的肩膀上看到"猎人木屋"轰鸣着起飞，她对着飞机吹出一串肥皂泡，看着它消失在沙尘迷漫的空中。

爸爸抱着圆圆走出了机场，在公路边的车站等着回市里的汽车，圆圆感到爸爸的身体突然颤抖了一下。

"爸爸，你冷吗?"

“不……圆圆。你没听到什么?”

“嗯……没有呀。”

但他听到了，那是一声沉闷的爆炸，从飞机飞向的远方传来，隐隐约约，他几乎是用第六感听到的。他猛地回头看着那个方向，在他和女儿面前，大西北干旱的大地冷酷地凝视着苍穹。

三

时光继续飞逝，圆圆上了小学，她仍然热爱肥皂泡。

清明节，当她和爸爸来到妈妈墓前时，仍拿着吹泡泡的小瓶，当爸爸把鲜花放到那朴素的墓碑前时，圆圆吹出了一串泡泡。爸爸正要发作，女儿的一句话使他平静下来，双眼湿润了。

“妈妈会看到的!”圆圆指着飘过墓碑的肥皂泡说。

“孩子啊，你要做一个妈妈那样的人，像她那样有责任感和使命感，像她那样有一个远大的人生目标!”爸爸搂着圆圆说。

“我有远大的目标呀!”圆圆喊道。

“说给爸爸听听?”

"吹——"圆圆指着已飞远的肥皂泡，"大——大——的——泡——泡！"

爸爸苦笑着摇摇头，拉着女儿离去。这里距几年前飞机坠毁的地点不远，当年由自天而降的冰弹播下的种子确实都成活了，长成了小树苗，但最后的胜利者仍是无边的干旱，飞播林在干旱少雨的第二年都死光了，沙漠化仍在继续着它不可阻挡的步伐。爸爸回头看，夕阳将墓碑的影子拉得好长好长，圆圆吹出的肥皂泡已经一个都不见了，像墓中人的理想，像西部大开发美丽的梦幻。

四

时光继续飞逝，圆圆上了中学，仍然喜欢肥皂泡。

这天，圆圆年轻的女班主任老师来家访，递给爸爸一把新奇漂亮的玩具手枪，说是圆圆在课上玩，让物理老师没收的。那把枪有个大肚子，枪管顶部固定着一个天线似的圆圈，爸爸翻来复覆去地看着，很迷惑它怎么玩。"这是泡泡枪。"班主任说着，拿过来一扣扳机，随着一阵嗡嗡的轻响，从枪口的小圆圈上飞出一长串肥皂泡。

班主任告诉爸爸，圆圆的学习成绩一直在同年级中领先，但她最大的长处是有很强的创造性思维，班主任说自己还是第一次看到思想这么活跃的学生，告诉爸爸要珍惜这个苗子。

“你不觉得这孩子……怎么说呢，有些轻飘飘的吗?”爸爸手拿着泡泡枪问。

“现在的孩子嘛，都这样儿……其实在这个新时代，轻松洒脱一些的思想和性格也不一定就是缺点。”

爸爸叹口气，挥挥泡泡枪结束了谈话，他觉得和这个班主任没什么可谈的，她自己几乎还是个孩子呢。

送走了班主任，回到只有他们父女两人的家中，爸爸想和圆圆谈谈泡泡枪的问题，但立刻发生了另一件让他不快的事：

“又换了一个？今年你已经换了一个了!”他指着圆圆挂在胸前的手机问。

“没有呀爸爸，人家只是换了个壳儿嘛！看，这能给我新鲜的感觉。”圆圆说着，拿出了一个扁盒子，爸爸打开来，看到一排鲜艳的色块，最初以为是绘画颜料一类的东西，仔细一看才发现那是12个手机外壳，12种色彩。

爸爸摇摇头，把盒子放在一边：“我正想和你谈谈你的这种……嗯，思想倾向。”

圆圆看到了爸爸手中的泡泡枪，一把抢了过来：“爸爸，我保证以后不再带它去学校了！”说完，她对着爸爸射出一串泡泡。

“我要说的不是这个，我要说的问题比这深刻得多，圆圆，你看你这么大了还喜欢吹肥皂泡……”

“不行吗?”

“哦不，这本来不算什么大问题，我是说，你的这种喜好反映出了你的一种，嗯，刚才说过的，思想倾向。”

圆圆不解地看着父亲。

“这说明你倾向于追求美丽、新奇而虚幻的东西，容易对远离现实的幻影着迷，你的双脚将离开大地，会将你的人生引向一个错误的方向。”

圆圆看看满屋飘浮着的肥皂泡，显得更迷惑了。那些肥皂泡像一群透明金鱼，在空气中幽幽地游着。

“爸爸，咱们还是谈一些更有趣的事吧!”圆圆靠到爸爸的肩膀上，语气变得神秘起来，“爸，我们的班主任漂亮吗?”

“没注意……圆圆，我刚才的意思是……”

“她显然很漂亮的!”

“也许吧……我刚才要说的是……”

“爸爸，您真没注意到她和您说话时的眼神？她好像被您吸引了耶!”

“我说你这个孩子，就不能少想些无聊的事?!”爸爸生气地把女儿的手从肩上拨开。

圆圆长叹一声："唉，爸爸呀爸爸，您已经变成了一个对什么都提不起兴趣的人了，您这没有新鲜、没有新奇、没有激动的日子，有什么劲儿呢？还好意思当别人的人生教师。"

一个肥皂泡飘到爸爸脸前爆裂了，他隐约感到了一小股弱得不能再弱的湿润水气，这一场转瞬即逝的微型毛毛雨令他感到片刻的陶醉，不可思议，这竟让他想起了自己遥远的南方故乡。他不为人察觉地叹息了一下。

"我年轻的时候也追逐过缥缈的梦想，和你妈妈从上海来到这里，天真地把大西北看作实现自己人生价值的地方。我们那批建设者用了那么短的时间，就让荒漠上出现了这座崭新的城市，我们曾把它当作一生的骄傲，至少离开人世之后，这城市能作为自己的没有虚度一生的证明。谁能想到，她不过是我们这一代人用青春甚至生命吹出的一个肥皂泡。"

圆圆很吃惊："丝路市怎么是肥皂泡呢？她可是实实在在的，总不会啪一下消失吧？"

"它将消失，中央已经认可了省里的报告，停止为丝路市引水的一切规划和努力。"

"那要把我们渴死吗？现在已经是两天来一次水，每次只来一个半小时！"

“正在制订一个为期十年的拆迁计划，整座城市将全部分散迁移，丝路将成为现代世界第一座因缺水而消失的城市，一个现代的楼兰……其实，曾让年轻的我们热血沸腾的整个西部大开发，现在已经变成了噩梦般的西部大开矿，谁知道，这是不是一个更大的肥皂泡呢？”

“哇，太棒了！”圆圆欢呼起来，“早就该离开这地方了！一个平淡乏味的地方，我真的不喜欢这里耶！迁移！迁移到一个全新的地方，开始全新的生活，这是多美妙的事啊爸爸！”

爸爸默默地看了女儿一会儿，站起身来走到窗前，呆呆地看着外面黄沙中的城市，他双肩下垂的背影，看上去一下子老了许多。

“爸——”圆圆轻轻叫了一声，父亲没有回答。

两天后，圆圆的爸爸成为这即将消失的城市的最后一任市长。

五

高考结束了，圆圆取得了全省理科第二名的成绩。爸爸难得彻底地高兴了一次，慷慨地问女儿有什么要求，过分些也行，圆圆冲他张开一个手掌。

“5……5 个什么？”

“5 块雕牌透明皂。”说完她又张开另一个手掌，“10 袋汰渍洗衣粉，”两手翻了一下，“20 瓶白猫洗洁精，”最后拿出一张纸，“最重要的是这些化学药剂，照清单上的分量买。”

那些化学药剂让父亲费了些事，他让一个在北京出差的办公室副主任跑了一天才买齐。

拿到这些东西后，圆圆一头扎进了卫生间，在那里面忙活了三天，配制了整整一浴池的溶液，怪味迷漫在家里的每个房间。第四天，两个男生送来了她定做的一个直径一米多的圆环，那圆环是用一根钻了许多小眼的长金属管弯成的。

第五天，家里早早就有一群人来访，他们中包括两个电视台的摄像师，市长还认出了其中的一位漂亮女士，是省电视台一个娱乐节目的主持人，还有两个穿着花里胡哨的家伙，自称是吉尼斯中国分部的人，昨天刚从上海飞来，其中一位沙哑着嗓子说：

“市长先生，您的女儿……咳咳……这地方空气真干燥……您的女儿要创造吉尼斯纪录了！”

市长随着一行人爬到开阔的楼顶上，他发现女儿和她的几个同学已经在楼顶了，圆圆扛着那个大圆环，他们面前放着的那个大澡盆中盛满了她配的那种溶液。那两个吉尼斯的代表开始架设两根有长度刻度的标杆，后来才知道那是用来测量肥皂泡直径的。

一切准备就绪后，圆圆把那个圆环伸进澡盆，再提出来时环面已附着了一层液膜。她小心地把带液膜的圆环固定在一根长杆顶端，并走到楼顶边缘，挥动长杆使圆环在空中画了一个大圈，吹出了一个巨大的肥皂泡。那个大泡在空中颤颤地变着形状，像是在跳舞。后来知道，这个大泡的直径竟达 4.6 米，打破了由比利时人凯利斯保持的 3.9 米的吉尼斯纪录。

“液体的配方是很重要的，但窍门还在这个大环上。”圆圆在回答主持人提问时说，“那个比利时人用的只是一个普通的液膜环圈，而我这个，是由钻了一排洞的铅管弯成的，管里面充满了发泡液体，在大泡的形成过程中，这些液体不断地从管上的小孔中泄出，以使尽可能多的液体参与成泡，这样自然就可以形成更大的泡泡了。”

“那么，你还有可能制造出更大的泡泡来吗？”主持人问。

“当然会的！这就要研究肥皂泡形成的几个要素，它包括液体黏度、延展性、蒸发率和表面张力，但对于形成超大的泡泡来说，最需要改进的是后两项。蒸发率必须降低，因为蒸发是泡壁破裂的主要原因之一；表面张力嘛……你知道为什么纯水不能吹出泡泡？”

“当然是它的表面张力太小了。”

“恰恰相反，是因为水的表面张力太大了，形不成气泡。再问一句，你知道肥皂泡形成以后，它的表面的张力与直径大小有什么关系？”

“那……照你说的，张力越小泡就越大呗。”

“NO，NO！当泡形成后，随着直径的增大，它反而需要增大自己的表面张力，以维持泡壁的强度。这就出现一个问题：液体的表面张力是恒定的，那么要想吹出超大的泡泡，我们该解决什么样的问题呢？”

主持人茫然地摇摇头，她属于外形漂亮、口齿伶俐、头脑简单的那一类，圆圆看出了这点，“算了，我们还是给观众再吹几个大泡吧！”

于是，又有几个直径四五米的大肥皂泡顺风飘行在城市上空，在这沙尘迷漫的干旱世界中，她们显得那么不真实，仿佛是来自另一个世界的幻影。

一星期后，圆圆离开了这座她出生长大的西北城市，到中国那所最好的理工科大学去学习纳米专业了。

六

时光继续飞逝，但圆圆不再吹肥皂泡了。

圆圆读完了学士、硕士和博士，然后以令她父亲头晕目眩的速度开始创业。她以做博士课题时创造的一项技术为基础，开发了一种新的太阳能电池，成本仅为传统的单晶硅电池的几十分之一，可以作为马赛克贴到整个建筑表面上。仅三四年时间，她的公司就发展到几亿元资产的规模，成为纳米技术的东风催生的一大批急剧膨胀的奇迹企业之一。

圆圆的父亲由此陷入了一个尴尬的境地。以事业的成功程度而言，女儿现在已经有资格教导父亲了。看来圆圆当年的那个漂亮班主任说的有道理，轻飘洒脱的思想和性格不一定就是缺点。这是一个令父亲这一代人恼火的时代，现在的成功需要的是逼人的思想灵气，经验、毅力和使命感之类的不起决定作用，凝重和沉重更是显得傻乎乎的。

“很久没有过这种感觉了，这是我听过的最好的歌唱，他们确实比上一代那三个强。”在国家大剧院广阔的出口平台上，市长对女儿说。圆圆知道父亲喜欢听古典美声，这是他不多的爱好之一，趁他到北京开会之际，请他听新一代世界三大男高音为即将到来的奥运会举办的演唱会。

“早知道我该买最好座位的票，怕您又嫌我浪费，就买了两张中等的。”

“这样的票多少钱一张？”父亲随口问。

"便宜多了，好像每张两万八吧。"

"嗯……啊，什么?!"

看着父亲目瞪口呆的样子，圆圆笑了起来："如果您能找回很久没有过的感觉，就是28万也值的。看这座大剧院，投资几十个亿，还不是为了人们从艺术中得到或找回某种感觉?"

"也许你有道理，我还是希望你的钱能花到更有意义的地方。圆圆，我想与你谈谈有关丝路市的事，你能不能进行一项它的市政投资?"

"是什么?"

"一个大型的水处理工程，建成后能够大大提高城市用水的循环利用率，还能够用太阳能淡化一部分盐湖的水。如果这个系统能够实现，丝路市就能在缩小规模后继续存在下去，避免完全消失的命运。"

"投资是多少?"

"初步规划，大约16个亿吧。大部分资金已有来源，但到位时间很长，怕来不及了，所以现在需要你投入一笔启动资金，约一个亿吧。"

"爸爸，不行，我目前能周转的资金也就这么多了，我想用它搞一个研究项目……"

父亲举起一只手打断女儿的话说："那就算了。圆圆，我丝毫没有想影响你的事业，其实，我本来没打算向你提这个要求的，虽然你的投资能保证收回，但利润回报却微乎其微。”

“呵，那倒无所谓，爸爸，我这个项目更惨，别说盈利，投资都肯定会打水漂！”

“你想搞基础研究吗？”

“不，但也不是应用研究，是好玩儿的研究。”

……

“我将研制一种超级表面活性剂，已为它想好了名字，叫飞液。它的溶液黏性和延展性比现有的任何液体都大几个数量级，蒸发速度仅是甘油的千分之一。这种表面活性剂溶液还具有一个魔鬼般的特性——它的表面张力能够随着液层的厚度和液面的曲率自动调节，调节范围从水的张力的百分之一到一万多倍。”

“它是干什么用的？”父亲惊恐地问，他已知道答案，但还是不敢相信。

年轻的亿万富翁搂住父亲的肩膀大声说：“吹——大——大——的——泡——泡！”

“你不是开玩笑吧？”

圆圆看着长安街上的灯火，沉默了好久：“谁知道呢？也许我的整个生活就是一个大玩笑，但，爸爸，我觉得这也没有什么不好，一个人用一生开一个玩笑也是一种使命吧。”

“用一亿元吹泡泡？有什么用吗？”父亲的语气好像觉得自己在做梦。

“没什么用，好玩呗。不过，比起你们当年用几百个亿建起一座很快就拆掉的城市，我的奢侈微不足道。”

“可你现在能救这城市，它也是你的城市，你在那里出生长大。可你却用这笔钱吹肥皂泡！你……也太自私了！”

“我在过自己的生活，无私奉献并不一定能推动历史，您的那座城市就是证明！”

直到圆圆把车开上长安街，父女俩都没有再说话。

“对不起，爸爸。”圆圆轻声说。

“这些天我总是想起拉着你小手儿的那些日子，那是多好的时光啊。”灯光中，父亲的双眼一闪一闪的，似乎有些湿润。

“我知道让您失望了。您一直想让我成为妈妈那样的人，如果我能有两次人生的话，其中的一次会照您的做，把自己奉献给责任和使命，可是，爸爸，我只能活一次。”

父亲没有说话。当这沉默的路程快结束时，圆圆拿出一个大纸袋递给父亲。

“什么？”父亲不解地问。

“房产证和钥匙。爸，我给您买了一幢别墅，在太湖边上，您退休后可以回到南方了。”

父亲把纸袋轻轻地推了回来：“不，孩子，我会在丝路的废墟上度过余生，我和你妈妈的青春和理想都埋在那儿，离不开了。”

北京在夏夜里尽情地闪烁着，看着这绚丽的光海，圆圆和父亲竟同时联想到肥皂泡，这无边的灿烂似乎在极力向他们展示着什么，是生命之重还是生命之轻？

七

两年后的一天，市长在办公室里接到了女儿的电话。

“爸爸，生日快乐！”

“呵，圆圆吗？你在哪儿？”

“离您那儿不远，我给您送生日礼物来了！”

“嗨，我好多年没想起生日这回事儿了，那中午回家吧，我也有一个多月没回家了，就保姆在那儿照看着。”

“不，礼物现在就送给您！”

“我在工作，马上要开市政周例会了。”

“没关系，您打开窗向天上看！”

今天的天空万里无云，蓝得清澈，这种天气在这一地区是很少见的。空中传来引擎的轰鸣声，市长看到有一架飞机在城市上空缓缓地盘旋，在蓝天的背景上很醒目。

“爸爸，我在飞机上呢！”圆圆在电话中喊道。

这是一架老式双翼螺旋桨飞机，在空中像一只懒洋洋的大鸟。时光瞬间闪回，一种熟悉的感觉闪电般出现，市长浑身颤抖了一下，20多年前他也这样过，那时女儿问他是不是冷了。

“圆圆，你……干什么?!”

“要送礼物啦爸爸，注意飞机下面！”

市长刚才就发现，飞机机腹下面吊着一个大环，那环的直径比飞机还长，显然是升空以后才展开的。整体看去，飞机和大环组成了一个在空中飞行的戒指。后来知道，那个大环的结构同圆圆破吉尼斯纪录时用的环一样，由轻型金属管制成，管内充满了那种叫飞液的魔鬼液体。环面上罩着一层飞液的液膜，环上有无数的小洞，使飞液能够不断地从围成大圆环的细管中流出。

令人震惊的景象出现了，在那个大环后面，吹出了一个大肥皂泡！它反射着阳光，形状时隐时现。肥皂泡在急剧膨胀，很快，飞机与它相比只是透明西瓜上的一粒小芝麻。

下面的城市广场上所有人都在驻足仰望，市政府办公大楼里也开始有人跑出来看。

飞机拖着巨泡在城市上空缓缓盘旋，肥皂泡的膨胀速度大大减慢，但仍在继续着。最后，它脱离了飞机下的大环，独自在空中飘浮着。虽然巨泡的进气口已经消失，但它的膨胀却没有停止，这是阳光的热量在泡内聚集使其中的空气膨胀的缘故。渐渐地，巨泡占据了半个天空！

“这就是礼物啦，爸爸！”圆圆在电话中兴奋地喊着。

蓝天上晃动着大片的闪光，仿佛整个天空就是阳光下一张平滑的玻璃纸，正被一双无形的大手抖动着。细看去，那些闪光勾勒出了一个巨大的球体形状，那个透明球体此时占据了大部分天空，下面的人们得将头转动近一百八十度才能看全它。它仿佛是地球在天空的镜面上投下的一个晶莹的幻影。

城市骚动起来，大街上开始出现交通堵塞。

巨泡缓缓从空中降下来，当它降到足够低时，地面上的人们竟然在泡壁上看到了城市的高楼群的镜像，由于泡壁在风中的波动，高楼群扭曲变形，像是海中的植物林。这广阔的泡壁从上方气势磅礴地压下来，人们不由得捂住了脑袋。当巨泡接触地面时，地面上暴露在外的人们在身体穿过泡壁时感到脸上痒痒了一下。

巨泡没有破碎，而是成一个直径近十公里的半球形立在大地上。这座城市，连同边缘的一座火力发电厂和一个化工厂，全被巨泡扣在其中！

“我们不是故意的，真的不是故意的！”圆圆对着摄像机说，“本来，按一般的情况，大泡是会顺风飘走的，谁想到今天这里的风力竟这么弱，这儿一贯是风很大的！所以它才掉了下来，把城市扣住了！”

市长看着市电视台中断了正常节目插进的紧急现场报道，他看到女儿身穿航空皮夹克，拉链敞开着，露出里面的蓝色工作服。她的身后，是那架老式双翼飞机……时光再次闪回，太像了，太像了……市长的心融化了，泪水夺眶而出。

两小时后，市长同刚刚成立的紧急小组一起，驱车来到了城市边缘巨泡泡壁的位置，圆圆和她的几个工程师早已等在那里。

“爸爸，我的肥皂泡很棒吧?!”圆圆没有了刚才的恐慌，不合时宜地一脸兴奋。

市长没理女儿，抬头打量着泡壁，这是一张在阳光下发着多彩霓光的大膜，它表面那结构极其精细的衍射条纹，令人迷惑地变幻着，构成一个疯狂展示宇宙间所有色彩的妖艳的海洋。大膜是全透明的，这使得透过它看到的外部世界也蒙上了一层霓彩。向上到一定的高度，霓彩消失了，从空中看不出膜的存在。

市长伸出一只手，小心地触摸泡壁，他的手背感到一阵极其轻微的瘙痒，手已在膜的另一面了，这膜可能只有几个分子的厚度。他抽回手来，膜瞬间恢复原状，那一处的霓彩光纹仍是完整的形状，仿佛根本没有中断过。

现在，他一贯认为是虚幻象征的肥皂泡已是这样一个实实在在的巨大现实，而透过它看到的现实世界反倒变得虚幻了。

其他人也开始触摸大膜，后来挥手试图撕裂膜面，最后发展成对大膜拳打脚踢。市长的司机从车里拿出一根铁棍，抡得呜呜作响击打膜面……但这一切对大膜没有丝毫影响，所有的打击物都毫无阻碍地穿膜而过，之后膜面完好无损。市长挥手制止了大家的徒劳，接着指指远处的高速公路，人们看到，公路上的车流正在不间断地高速穿过大膜。

“这同肥皂泡膜的性质一样：固体可以穿过，但不透气。”圆圆说。

“正是因为它不透气，现在城市里的空气质量在急剧恶化。”市长瞪了一眼女儿说。

众人抬头看去，发现城市上空出现了一个巨大的半球状白色顶盖。这是由于城市和工厂产生的烟雾被大膜限制在泡内，使大泡的形状显现出来，这时如果从远处看城市，恐怕只能看到一个顶天立地的乳白色半球了。

“可能需要关闭发电厂和化工厂，以减缓空气污染的速度。”紧急小组组长说，“但最严重的问题是泡内气温的上升，现在城市实际上处于一个密闭极好的温室内，与外界没有空气流通，阳光的热量在很快聚集，现在正值盛夏，据测算，泡内气温最终将达到60摄氏度！”

“到现在为止，都进行了哪些方面的尝试来打破它？”市长问。

一名驻军指挥官回答：“一小时前，我们曾调用陆军航空兵的直升机在泡顶反复穿过，试图用螺旋桨撕裂它，没有用；后来又用炸药在泡壁与地面的交接处进行爆破，爆炸只是使大膜波动了一会儿，不能造成任何破坏，更邪乎的是，这张膜居然瞬间延伸到爆炸产生的大坑中，天衣无缝地横穿过坑的底部！”

市长问圆圆：“大泡要多长时间才能自然破裂？”

“大泡的破裂主要是由于泡壁液体的蒸发，这种物质的蒸发速度是极慢的，即使日照良好，大泡也得五六天才能破。”圆圆回答，令父亲气恼的是，女儿的语气显得很得意。

"那只有全城紧急疏散了。"紧急小组组长叹了口气说。

市长摇摇头："不到万不得已，不能走这一步。"

"还有一个办法，"一名环境专家说，"赶造许多长筒，口径越大越好，把这些筒的一头伸出泡外，在筒的底部装上大功率换气扇，以实现与外界的空气交换。"

"哈哈哈哈……"圆圆大笑起来，把大家吓了一跳，她在众人气愤的目光中笑得直不起腰来，"这想法真……真够滑稽的！哈哈……"

"这都是你干的好事!"市长厉声喝道，"你要为此负责的，必须赔偿对本市造成的一切损失!"

圆圆两眼看天止住笑说："那是，我们会赔的。不过我刚想出一个使大泡破裂的简单方法——烧。在泡壁与地面交接线的内侧，挖一条100~200米长的壕沟，沟中灌满燃油并点燃，火焰会大大加速泡壁的蒸发，可以在三个小时左右使大泡破裂。"

市长命令抢险队照圆圆的方案做了。城市的边缘出现了一道100多米长的火墙，在那一排冲天烈焰的上方，被火舌舔着的泡壁变幻着各种怪异的色彩和图案，从图案的纹路可以看出，大膜上其他部分的飞液正在涌过来补充已被火焰蒸发掉的部分，这使得大膜上被烧灼的位置像一个大旋涡，绚丽妖艳的色彩洪水般从四面八方涌来，消失在火焰中。火焰的黑烟顺着泡壁上升，在天空中形成了一个黑色巨掌，令大泡中的百万市民惊恐不已。

三小时后，大泡破裂了，城市里的人们听到天地间发出一声轻微的破碎声，清脆、悠扬、深远，仿佛宇宙的琴弦被轻轻拨动了一下。

“爸爸，我很奇怪，您并没有像我想象的那样暴跳如雷。”圆圆对父亲说，这时，他们正站在市政府大楼的楼顶看着大泡破裂。

“我一直在思考一件事……圆圆，你认真回答我几个问题。”

“关于大肥皂泡的？”

“是的。我问你，既然泡壁是不透气的，那大泡也能保持住内部的湿润空气了？”

“当然。其实，在飞液的研制即将完成时，我不经意想到了它的一项可能的用途：用大泡作为超大型温室，可以在冬季制造小型气候区，为大片的土地提供适合作物生长的湿度和温度。当然，这还要使大泡更持久些。”

"第二个问题：你能让大泡随风飘很远吗？比如说几千公里？"

"这没问题，阳光的热量在泡内聚集，使其内部空气膨胀，会产生类似于热气球的浮力。至于今天这个大泡的坠落，只是因为它生成的位置太低，风也太小了。"

"第三个问题：你能让大泡在确定的时间破裂吗？"

"这也不难，只需调节飞液内的一种成分，改变其溶液的蒸发速度就行了。"

"最后一个问题：如果有足够的资金，你能够吹出几千万甚至上亿个大泡吗？"

圆圆吃惊地瞪大双眼："上亿个？天啊，干什么！？"

"想象这样一幅图景：在遥远的海洋上空，形成了无数个大肥皂泡，它们在平流层强风的吹送下，飞越了漫长的路程，来到大西北上空，全部破裂了，把它们在海洋上空包裹起来的潮湿的空气，都播散在我们这片干旱的天空中……是的，肥皂泡能为大西北从海洋上运来潮湿空气，也就是运来雨水！"

震惊和激动使圆圆一时间说不出话来，只是呆呆地看着父亲。

"圆圆，你送给我一件伟大的生日礼物，说不定，这一天也是大西北的生日！"

这时，外界清凉的风吹过城市，上空那个由烟雾构成的巨大白色半球失去了大膜的限制，在风中缓慢地改变着形状，东方的天空中有一道色彩奇异的彩虹，这是大泡破裂后，构成它的飞液散布到空中形成的。

八

向中国西部空中调水的宏大工程进行了10年。

这10年，在中国南海和孟加拉湾，建成了许多巨大的天网。这些天网是由表面布满小孔的细管构成的，每个网眼有几百米甚至上千米的直径，相当于那个十多年前曾吹出超级肥皂泡的大圆环。每张天网有几千个网眼。天网分陆基和空中两种，陆基天网沿海岸线布设，空中天网则由巨型系留气球悬挂在几千米的高空。在南海和孟加拉湾，天网在海岸线和海洋上空连绵2000多公里，被称作“泡泡长城”。

空中调水系统首次启动的那天，构成天网的细管中充满了飞液，并在每个网眼上形成一层液膜。潮湿而强劲的海风在天网上吹出了无数巨型泡泡，它们的直径都有几公里，这些泡泡相继脱离天网，一群群升上更高的天空，升向平流层，随风而去，同时，更多的泡泡从天网上源源不断地被吹出来。大群大群的巨型泡泡浩浩荡荡地飘向大陆深处，包裹着海洋的湿气，飘过了喜马拉雅山，飘过了大西南，飘到大西北上空，在南海、孟加拉湾和大西北之间的天空中，形成了两条长达数千公里的泡泡长河！

九

在空中调水系统正式启动的两天后，圆圆从孟加拉湾飞到大西北的一座省会城市。当她走下飞机时，看到一轮圆月静静地悬在夜空中，从海上启程的泡泡还没有到达。在城市里，月光下挤满了人，圆圆也在中心广场停下车，挤在人群中，同他们一起热切地等待着。一直到午夜，夜空依旧，人群开始同前两天一样散去，但圆圆没走，她知道泡泡在今夜一定会到达这里。她坐在一把长椅上，正在睡意蒙眬之际，突然听到有人喊：

“天啊，怎么这么多的月亮！！”

圆圆睁开眼，真的在夜空中看到了一条月亮河！那无数个月亮是由无数个巨型泡泡映出的，与真月亮不同，它们都是弯月，有上弦的，也有下弦的，每个都是那么晶莹剔透，真正的月亮倒显得平淡无奇了，只有根据其静止状态才能从浩浩荡荡流过长空的月亮河中将它分辨出来。

从此，大西北的天空成了梦的天空。

白天，空中的泡泡看不太清楚，只是蓝天上到处出现泡壁的反光，整个天空像阳光下泛起涟漪的湖面，大地上缓缓运行着泡泡巨大而清晰的影子。最壮丽的时刻是在清晨和黄昏，当地平线上的朝阳或夕阳将天空中的泡泡大河镀上灿烂的金色时。

但这些美景并不会存在很久，空中的泡泡相继破裂。虽然有更多的泡泡滚滚而来，天空中的云却多了起来，使泡泡看不清了。

接着，在这个往年最干旱的时节，天空飘下了绵绵细雨。

圆圆在雨中来到了自己出生的那座城市。经过10年的搬迁，丝路市已成了一座寂静的空城。一座座空荡的高楼在小雨中静静地立着。圆圆注意到，这些建筑并没有真正被抛弃，它们都被保护得很好，窗上的玻璃还都完整，整座城市仿佛在沉睡中，等待着肯定要到来的复活之日。

小雨掩盖了尘埃，空气清新怡人，雨洒在脸上凉丝丝的很舒服。圆圆慢慢地行走在她熟悉的街道上，那些街道，爸爸曾拉着她的小手儿无数次走过，曾洒落过她吹出的无数个肥皂泡，圆圆的心里响起了一支童年的歌。

突然她发现，这歌真的在响着。这时天已黑了，在整座浸没于夜色中的空城里，只有一扇窗户亮着灯，那是一幢普通住宅楼的二楼，是她的家，歌声就是从那里传出的。

圆圆来到楼前，看到周围收拾得很干净，还有一小片菜地，里面的菜长得很好。地边有一辆小工具车，车上装有大铁桶，显然是用来从远处运水浇地的。即使在朦胧的夜色中，这里也能感觉到一股生活的气息，它在这一片死寂的空城里，像沙漠中的绿洲一样令圆圆向往。

圆圆走上了扫得很干净的楼梯，轻轻地推开家门，看到灯下头发花白的父亲，仰在躺椅上，陶醉地哼着那首童年老歌，他手里拿着那个圆圆在孩子时代装肥皂液的小瓶儿，还有那个小小的塑料吹环，正吹出一串五光十色的肥皂泡。

白垩纪往事（短篇版）

这是6500万年前白垩纪晚期普通的一天，真的不可能搞清是哪一天了，但确实是普通的一天，这一天的地球，是在平静中度过的。

那时各大陆的形状和位置与现在大不相同，恐龙主要分布在两块大陆上，一是冈瓦纳古陆，它在几亿年前原本是地球上唯一的完整大陆，现在经过分裂，面积已大为减小，但仍有现在的非洲和南美洲合起来那么大；二是罗拉西亚大陆，是从冈瓦纳古陆分裂出去的一块大陆，后来形成现在的北美洲。

在这一天，在所有的大陆上，所有的生命都在为生存而奔波。在这蒙昧之中的世界，它们不知道自己从哪里来，也不关心自己到哪里去，当白垩纪的太阳升到正空时，当苏铁植物的大叶在地上投下的影子缩到最小时，它们只关心从哪里能找到自己今天的午餐。

一头霸王龙找到了自己的午餐，它此时正处于冈瓦纳古陆的中部地区，在一片高大的苏铁林中的一块阳光明媚的空地上。它的午餐是一条刚刚抓到的肥硕的大蜥蜴，它用两只大爪把那只拼命扭动的蜥蜴一下撕成两半，把尾巴那一半扔进大嘴里，津津有味地大嚼起来，这时它对这个世界和自己的生活很满意。

就在距霸王龙左脚一米左右的地方，有一个蚂蚁的小镇，镇子大部分处于地下，里面生活着1000多只蚂蚁。今年的旱季很长，日子越来越难了，它们已经连着两天挨饿了。

霸王龙吃完后，后退两步，满意地躺在树荫里睡午觉了。它的倒卧使小镇产生了一场强烈的地震，涌到地面的蚂蚁们看到霸王龙的身躯像远方一道高大的山脉。不一会儿地震又发生了，只见那道山脉在大地上来回滚动着，霸王龙把一只巨爪伸进嘴里，在巨牙间使劲儿抠着，蚂蚁们很快明白了恐龙睡不着的原因：牙缝里塞了肉，很难受。

蚂蚁小镇的镇长突然间有了一个主意，它攀上一棵小草，向下面的蚁群发出一股气味语言，气味所到之处，蚂蚁们理解了镇长的意思，也发出气味把这信息更广地传播开来，蚁群中触角挥动，出现了一阵兴奋的浪潮。随后，在镇长的率领下，蚁群向霸王龙行进，在地面上形成了几道黑色的小溪。

10分钟后，蚂蚁们便跟着镇长开始登上恐龙的巨爪。霸王龙看到了前臂上的蚁群，挥起另一只手臂要把它们扫下去。它挥起的巨掌如一片乌云瞬间遮住了正午的太阳，蚁群所在的前臂平原立刻暗了下来。蚂蚁们惊恐地仰望着空中的巨掌，急剧挥动着它们的触须，镇长则抬起前脚指着恐龙的大嘴，其他的蚂蚁也学着镇长的样子，一起指着恐龙的嘴。霸王龙愣了几秒钟，似乎明白了蚂蚁的意思。它想了想，把举着的那只爪子放了下来，前臂平原上立刻云开日出。霸王龙张开大嘴，将爪子的一根指头搭到它的巨牙上，形成了一座沟通前臂平原与巨牙的桥梁。蚂蚁犹豫着，镇长首先向指头走去，蚁群随后跟上。

一群蚂蚁很快走到了手指的尽头，它们站在那光滑的圆锥形指尖上，充满敬畏地向恐龙的嘴里看了一眼，它们仿佛面对着一个处于雷雨前的暗夜中的世界，一阵充满血腥味的潮湿的大风迎面刮来，那无尽的黑暗深处有隆隆的雷声传来。当蚂蚁们的眼睛适应了黑暗，模糊地看到黑暗中的远方有一大片更黑的区域，那片区域的边界还在不断地变幻着形状，好半天蚂蚁们才明白那是恐龙的嗓子眼儿，隆隆的雷声就是从那里传出的，这声音是从那大黑洞的深处霸王龙庞大的胃里发出的。蚂蚁们惊恐地收回目光，纷纷从指尖爬上了恐龙的巨牙，然后沿着牙面那白色的光滑峭壁爬下去。在宽大的牙缝中，蚂蚁们开始用它们有力的双颚撕咬卡在那里的粉红色的蜥蜴肉。这时霸王龙已经把指头搭到了上排牙上，后来的蚂蚁在持续不断地爬上去，然后进入牙缝中吃肉，这使得上牙的情景仿佛是下牙的镜像。在恐龙的十几道牙缝中，有上千只蚂蚁在忙碌着。很快，牙缝中的残肉被剔得干干净净。

霸王龙牙齿间的不适感消失了，恐龙还没有进化到能说声谢谢的地步，它只是快意地长出一口气，一时间突然出现的飓风掠过两排巨牙，把所有的蚂蚁都吹了出去。蚁群像一片黑色的灰尘纷纷从空中飘落，由于它们身体极轻，都安然无恙地降落在距霸王龙头部一米多远的地方。饱餐一顿的蚂蚁们心满意足地向小镇的入口走去，而消除了齿间不适的霸王龙，又打了一个滚回到凉爽的树荫里，舒适地睡去。

地球在静静地转动着，太阳无声地滑向西方，苏铁植物的影子在悄悄拉长，林间有蝴蝶和小飞虫在静静地飞着，在远方，远古大洋上的浪花拍打着冈瓦纳古陆的海岸……

没有人知道，在这宁静的一刻，地球的历史已被扭向另一个方向。

一、信息时代

时光飞逝，5 万年过去了。

恐龙和蚂蚁的相互依存关系一直延续下来，两个物种一同创造了白垩纪文明，跨越了石器时代、青铜时代、铁器时代、蒸汽机时代、电气时代、原子时代，现在进入了信息时代。

恐龙在各大陆上建起了巨大的城市，这些城市中有上万米高的大楼，站在它们的楼顶向下看，就像坐在我们的高空飞机上鸟瞰一样，可以看到云层几乎贴着大地。这些巨楼站立在云海之上，下面的云很密时，总是处于万里晴空之中的顶层的恐龙就会打电话问底层的门卫，下面是不是在下雨，以决定它们下班回家时要不要带伞。它们的伞也很大，像我们马戏团的顶棚。它们的汽车每一辆都有我们的一幢楼房那么大，行驶时地面在颤动。恐龙的飞机像我们的巨轮那么大，飞行时如惊雷滚过长空，并在地面上投下大大的影子。恐龙还进入了太空进行探险，在地球同步轨道上运行着它们大量的卫星和飞船，这些航天器同样是庞然大物，在地面上就能看出其形状。恐龙的世界是由庞大而复杂的计算机网络连在一起的，它们的计算机键盘上的每一个键都有我们的电脑屏幕那么大，而它们的电脑屏幕像我们的一面墙那么宽。

与此同时，蚂蚁世界也进入了先进的信息时代。蚂蚁世界的能源动力与恐龙世界完全不同，它们不使用石油和煤炭，而是采集风力和太阳能。在蚂蚁城市中能看到大量的风力发电机，外形和大小与我们的孩子玩的纸风车相仿；城市的建筑表面都是一种光亮的黑色材料，那是太阳能电池。蚂蚁世界的另一个重要技术是用生物工程制造的动力肌肉，这种动力肌肉的外形像一根根粗电缆，注入营养液后就能够进行各种频率的伸缩以产生动力，蚂蚁的汽车和飞机都是由这种动力肌肉作为发动机的。蚂蚁也有计算机，它们都是米粒大小的圆粒，与恐龙的计算机不同，没有任何集成电路，所有的计算都由复杂的有机化学反应完成。蚂蚁计算机没有显示屏，它用化学气味输出信息，这些极其复杂精细的气味只有蚂蚁能够分辨，蚂蚁的感觉可以把这些气味翻译成数据、语言和图像。这些粒状化学计算机同样连成了庞大的网络，只是它们之间的联网不是通过光纤和电波，而是化学气味，计算机之间用气味语言来交换信息。蚂蚁社会的结构与我们今天见到的蚁群大不相同，反倒更像我们人类。由于采用生物工程生产胚胎，蚁后在生殖繁衍后代中的作用已微不足道，所以她们在蚂蚁社会中没有今天这样的地位和重要性。

蚂蚁和恐龙两个世界间形成了一种相互依存的关系，四肢笨拙的恐龙依赖蚂蚁的精细操作技能，在恐龙世界的所有工厂中，都有大量的蚂蚁在工作，它们主要从事恐龙工人无法胜任的微小零件的制造，精密设备和仪器的操作、维护和维修等。蚂蚁在恐龙社会发挥重要作用的另一个重要领域是医学，恐龙的所有手术仍然由蚂蚁医师们进入它们那巨大的内脏来实施，蚂蚁拥有了许多精密的医疗设备，包括微小的激光手术刀、能够在恐龙血管中行驶并清淤的微型潜艇等。

冈瓦纳大陆上的蚂蚁帝国最后统一了各个大陆上的未开化的蚂蚁部落，建立了名叫蚂蚁联邦的覆盖整个地球的蚂蚁世界。

与蚂蚁世界相反，原本统一的恐龙帝国却发生了分裂。罗拉西亚大陆独立，建立了另一个庞大的恐龙国家——罗拉西亚共和国。后来经过上千年的扩张，冈瓦纳帝国占据了原生印度、原生南极和原生澳大利亚，而罗拉西亚共和国则把自己的版图扩张至原生亚洲和原生欧洲两个大陆。冈瓦纳帝国主要由霸王龙组成，而罗拉西亚共和国主要龙种是暴龙，双方在领土扩张的漫长历史中不断爆发战争。但在最近的200年，随着核时代的到来，战争却停止了。这完全是核威慑的结果，两个大国都存储了大量的热核武器，战争一旦爆发，这些核弹会使地球变成一个没有生命的放射性熔炉。正是对共同毁灭的恐惧，使白垩纪地球维持了这针尖上的可怕和平。

随着时间的流逝，恐龙社会在地球上急剧膨胀，它们的人口迅速增加，各个大陆变得拥挤起来，环境污染和核战争两大威胁变得日益严重。蚂蚁和恐龙两个世界间的裂痕再次出现，白垩纪文明笼罩在一层不祥的阴云之中。

在刚刚闭幕的本年度龙蚁峰会上，蚂蚁世界要求恐龙世界采取断然措施，销毁所有核武器，保护环境和限制人口增长，在要求被拒绝后，白垩纪世界中的所有蚂蚁全体罢工。

二、蚂蚁罢工

冈瓦纳帝国首都，在高耸入云的皇宫中的一间宽阔的蓝色大厅中，达达斯皇帝躺在一张大沙发上，用大爪捂着左眼，不时痛苦地呻吟一声。围着它站着几头恐龙，它们是：国务大臣巴巴特、国防大臣洛洛加元帅、科学大臣尼尼坎博士、医疗大臣维维克医生。

维维克医生欠身看着皇帝说："殿下，您的左眼已经发炎了，急需手术，但现在找不到动眼科手术的蚂蚁医生，只能用抗生素药物维持，这样下去，您的这只眼睛有失明的危险。"

“见鬼!”皇帝咬牙切齿地说，接着问医生，“全国的医院都没有蚂蚁医生了吗?”

维维克点点头：“是的殿下，大量需要手术的病人得不到治疗，已经引起了一定的社会恐慌。”

“大概更大的恐慌不是来自此吧。”皇帝说着，转向国务大臣。

巴巴特欠一下身说：“当然，殿下。现在，全国有三分之二的工厂已经停工，有几个城市还停电，罗拉西亚共和国的情况也比我们好不到哪里去。”

“那些恐龙能够操纵的机器和生产线也停下来了吗?”

“是的殿下，在制造业，比如汽车制造之类，如果精细的小部件造不出来，那些恐龙能够生产的大部件也无法装配成能够使用的成品，所以也都停止生产了。在另外一些工业部门，如化工和发电，蚂蚁罢工刚开始还影响不大，但后来随着设备故障的增加，维修又跟不上，瘫痪的工厂越来越多。”

皇帝暴跳如雷：“浑蛋！龙蚁峰会刚结束，我就命令你们在全国范围内对恐龙产业工人进行紧急培训，以使它们能够逐步胜任原来由蚂蚁从事的精细操作。”

“殿下，这几乎是一件不可能的事。”

“对于伟大的冈瓦纳帝国没有什么是不可能的！在帝国漫

长的历史上，冈瓦纳恐龙经历过比这大得多的危机，有多少次敌众我寡的血战，多少次扑灭覆盖整个大陆的森林大火，多少次在大陆板块运动后岩浆横流的大地上生存下来……”

“但，殿下，这次不同……”

“有什么不同的?！只要勤学苦练，恐龙也能拥有一双灵巧的手！我们的世界不会因此而屈服于那些小虫子的要挟!”

“我将让您看到，这是一件多么困难的事……”国务大臣说着，张开它的大爪，把两根红色的电线放到沙发上，“殿下，您能试着做一个维修机器设备最基本的操作：把这两根导线接起来吗?”

达达斯皇帝大爪的每根指头都有半米长，比茶杯还粗，那两根直径 3 毫米的电线，在它看来比我们眼中的头发丝还细，它费了很大劲儿，蹲在那里把两眼凑近在沙发上，试图把那两根电线捏起来，爪子粗大的锥形指甲像几颗小炮弹般光滑，捏起的电线最终都滑落了下去，剥开电线的胶皮进行连接更谈不上了。皇帝叹了口气，不耐烦地一挥爪子把电线扫到地上。

“就算是您最终练就了这接线的细功夫，还是无法进行维修工作，我们这粗大的手指不可能伸进那些只有蚂蚁才能钻进去的精密机器中。”

“唉——”科学大臣尼尼坎长叹一声，感慨地说，“早在

800 年前，先皇就看到了恐龙世界对蚂蚁细微操作技能的依赖所产生的危险，并做出了巨大的努力，研究新的技术和设备以摆脱这种依赖，但恕我冒昧，在包括殿下在位的这两个世纪，这种努力几乎停止了，我们舒适地躺在蚂蚁服务的温床上，忘记了居安思危。”

“我没有躺在谁的温床上！”皇帝举起两只大爪愤怒地说，“事实上，先皇看到的那种危险也无数次在我的噩梦中出现，”它用一根粗指头抵着尼尼坎的前胸，“但你要知道，先皇摆脱对蚂蚁技能依赖的努力是因为失败而停止的，在罗拉西亚共和国也一样！”

“是这样的，殿下！”国务大臣点点头，指指地上的电线对尼尼坎说，“博士，您不可能不知道，要想让恐龙顺利地完成接线操作，这两根电线必须有 10～15 厘米粗！即使具有这样大的形体，我们也不可能想象一部内部盘着像小树那么粗的电线的移动电话，或者同样的一台电脑。与此类似，要想由恐龙操作和维护，有一半的机器设备必须造得比现在大百倍甚至几百倍，这样，资源和能源的消耗也相应地是现在的几百倍，这是恐龙世界的经济根本无法承受的！”

科学大臣点点头承认了上面的说法：“是的，更要命的是，有些设备的部件是不可能大型化的，比如光学和电磁波通信设备，包括光波在内的电磁波的波长，决定了调制和处理它们的部件一定是微小的。没有微小部件，怎么可能想象会有计算机和网络？在分子生物学和基因工程的研究与生产方面也是类似的。”

医疗大臣说：“我们的医疗也离不开蚂蚁，没有它们，恐龙的外科手术无法想象。”

科学大臣总结道：“龙蚁联盟是大自然在进化中的一项选择，它的意义是十分深远的，没有这种联盟，地球上的文明根本不可能出现，我们绝不能容忍蚂蚁破坏这个联盟。”

“可现在我们怎么办呢？”皇帝摊开双爪看看大家问。

一直沉默的国防大臣洛洛加元帅说话了：“殿下，蚂蚁联邦固然有它们的优势，但我们也有自己的力量，蚂蚁世界的城市比我们娃娃的积木玩具还小，我们撒泡尿就能把它冲垮！帝国应该使用这种力量。”

皇帝点点头，对元帅说：“好吧，你命令总参谋部制订一个行动方案，毁灭几座蚂蚁城市，给它们一个警告！”

“元帅，”国务大臣拉住正要离去的洛洛加说，“关键是要与罗拉西亚协调好。”

“对！”皇帝点点头，“要与它们同时行动，以防让多多米做好人，把蚂蚁联邦拉到罗拉西亚那边去。”

三、最后的战争

“在我们的那三座城市被摧毁后，为避免更大的损失，蚂蚁联邦已经暂时结束罢工，恢复在恐龙世界的工作。现在的事实已经很清楚：要么蚂蚁消灭恐龙，要么整个地球文明一起毁灭！”蚂蚁联邦最高执政官卡奇卡在议会讲坛上对议员们说。

“我同意最高执政官的看法。”蚂蚁参议员比卢比在自己的座位上挥动着触角说，“照现在的趋势发展下去，地球生物圈只有两个命运：或者被恐龙大工业产生的污染完全毒化，或者在冈瓦纳和罗拉西亚两个恐龙大国间的核战争中被完全毁灭！”

它们的话在蚂蚁议员中间引起了强烈反响：“对，是做最后抉择的时候了！”“消灭恐龙，拯救文明！”“行动吧！行动吧！！”……

“请大家冷静一下！”蚂蚁联邦的首席科学家乔耶博士挥动触角平息了喧哗，“要知道，蚂蚁和恐龙的共生关系已经延续了两千多年，龙蚁联盟是地球文明的基础，当然也是蚂蚁文明的基础，如果这个联盟突然消失，并且其中的一方恐龙文明被消灭，蚂蚁文明真的能够独自存在下去吗？大家都知道，在龙蚁联盟中，恐龙从蚂蚁这里得到的东西一直是很明确、很具体的，而蚂蚁从恐龙那里得到的，除了基本的生活物资外，还有一些无形的东西，这就是它们的思想和科技知识。对于蚂蚁文明来说，后者显然是更重要的，蚂蚁也许能够成为出色的工程师，但永远也成不了科学家！因为蚂蚁大脑的生理结构决定了我们永远也不可能拥有恐龙的两样东西：好奇心和想象力。"

比卢比参议员不以为然地摇摇头："好奇心和想象力？咄咄，博士，您以为这是两样好东西吗？正是这两样东西，使恐龙成为一种神经兮兮的动物，使它们的情绪变幻不定，喜怒无常，整天在胡思乱想的白日梦中浪费时光。"

"但，参议员，正是这种变幻不定和胡思乱想，才使灵感和创造成为可能，才使以探索宇宙最深层规律的理论研究成为可能，而后者是技术进步的基础。"

"好了，好了——"卡奇卡不耐烦地打断乔耶博士的话，"现在不是进行这种无聊的学术讨论的时候，博士，蚂蚁世界现在面临的问题只有一个：是消灭恐龙，还是与它们一起毁灭？"

乔耶无言以对。

卡奇卡转向若列，点头示意。

若列元帅走上讲坛："我想让大家看一样小东西，这也是我们不依赖恐龙老师而进行的技术发明中的微不足道的一项。”

在元帅的示意下，有两只蚂蚁拿上来两小条薄薄的白色片状物，像两片小纸屑，若列介绍说：“这是蚂蚁最传统的武器——雷粒的一种最新型号，这种片状的雷粒，是联邦的军事工程师们专为这场终极战争研制的。”它挥了一下触须，又有4只蚂蚁抬上来两小段导线，就是在恐龙的机器中最常见的那种，一段是红色的，一段为绿色。它们把这两段导线放到一个支架上，然后把那两片白色的小条分别缠到两段导线的中部，小条紧紧地贴在导线上，像在上面缠了两圈白胶布。但接下来神奇的事情发生了：那两圈小白条突然开始变色，分别变成与它们所缠的导线一样的颜色，一条变红，一条变绿，很快，它们就与所缠的导线融为一体，根本无法分辨出来。卡奇卡说：“这就是联邦的最新武器——变色雷粒。它们一旦安装到位，恐龙是绝对无法发现的！”约两分钟后雷粒爆炸，啪啪两声脆响后，两段导线都被齐齐切断。

“届时，联邦将出动由一亿只蚂蚁组成的大军，它们中的一部分是目前正在恐龙世界工作的蚂蚁，另一部分则正在潜入恐龙世界。这支大军将在恐龙的机器内部的导线上，安装两亿片变色雷粒！我们把这个行动称为断线行动。”

“哇，真是一个宏伟的计划！”比卢比参议员赞叹道，引发了议员们一阵由衷的附和声。

“同时进行的另一个行动也同样宏伟！联邦将出动另一支由2000万只蚂蚁组成的大军，潜入500万头恐龙的头颅，在它们的大脑主血管上安装雷粒。这500万头恐龙是地球上几十亿恐龙中的精英部分，它们包括国家领导层、科学家、关键岗位上的技术人员和操作人员等，这些恐龙一旦被消灭，整个恐龙世界就像失去了大脑，所以我们把这个行动称为断脑行动。”

“计划的最精彩之处是对恐龙世界打击的同时性！”卡奇卡接着说，“安放在恐龙世界机器中的那两亿颗雷粒和布设在恐龙大脑中的500万颗雷粒，将在同一时刻爆炸！这一时刻的误差不会超过一秒钟！这使得恐龙世界的任何一部分都不可能得到其他部分的救援和替代，整个恐龙社会将像大洋中部一艘被抽掉了船底的大船，飞快地沉下去！那时，我们就是真正的地球统治者了。”

“尊敬的卡奇卡执政官，能否告诉我们那一伟大时刻的具体时间？”比卢比问，拼命抑制着自己的兴奋。

“所有雷粒的引爆时间，将设定在一个月后的午夜。”

蚂蚁们发出了一阵欢呼。

乔耶博士拼命地挥动触须，想让众蚂蚁安静下来，但欢呼声经久不息，他大喝了一声，才使大家安静下来把目光转向它。

“够了！你们都疯了?!”乔耶大喊道，“恐龙世界是一个极其复杂的超巨型系统，这个系统如果在一瞬间全面崩溃，会产生我们难以预测的后果。”

“博士，除了恐龙世界的毁灭和蚂蚁联邦在地球上的最后胜利，您能告诉大家还会有什么别的后果吗?”卡奇卡问。

“我说过，难以预测!”

“又来了，乔耶书呆子，您那一套我们都厌烦了。”比卢比说，其他的议员对首席科学家扫了大家的兴也纷纷表示不满。

若列走过来用前爪拍拍乔耶，元帅是一只冷静的蚂蚁，也是刚才少数没有同大家一起欢呼的蚂蚁之一，“博士，我理解您的忧虑，其实这种担心我们也有过，我想恐龙的核武器失控算是最可能的一个吧。但不用担心，虽然两个恐龙大国的核武器系统都全部由恐龙控制，日常少量由蚂蚁进行的维护工作也在恐龙的严密监视之下，但对于蚂蚁特种部队来说，进入其内部也不是一件难事。我们在核武器系统中安放的雷粒数量将比别的系统多一倍，当那一时刻过后，核武器系统会同其他系统一样全面瘫痪，不会造成很大的灾难。”

乔耶叹了口气：“元帅，事情要复杂得多，问题的关键在于，我们真的了解恐龙世界吗？”

这个问题让所有的蚂蚁都愣了一下，卡奇卡看着乔耶说：“博士，蚂蚁遍及恐龙世界的每一个角落，而且上万年来一直如此！您怎么能提出一个如此愚蠢的问题？！”

乔耶缓缓地摇摇触须：“蚂蚁和恐龙毕竟是两个差异巨大的物种，生活在两个完全不同的世界里。直觉告诉我，恐龙世界肯定存在着某些蚂蚁完全不知晓的巨大秘密。”

“如果您提不出什么具体的来，那就等于没说。”比卢比不以为然地说。

乔耶说：“为此，我请求建立一个信息收集系统，具体的计划是，当你们每向恐龙的大脑中布设一颗雷粒，同时也向它的耳蜗中安装一个窃听器，我将领导一个部门监听和分析这些窃听器发回的信息，以期能尽快发现一些我们以前不知道的东西。”

四、雷粒

通信大厦是巨石城信息网络的中心，担负着首都同全国的信息处理和交换责任。在冈瓦纳帝国共有上百个这样的网络中心，构成了帝国庞大信息网络的主干。

一支蚂蚁小分队已经进入了信息网络中心的一台服务器内部，它们由上百只蚂蚁组成，在5个小时前沿着一根供水管潜入通信大厦，然后又从地板上一道极小的缝隙进入了服务器机房，最后由通风孔进入这台服务器内部。在恐龙巨大的建筑和机器中，蚂蚁是通行无阻的。听到有恐龙走来，蚂蚁们赶紧躲到比它们的城市中的足球场还大的主板下面，它们听到机柜的门被打开了，透过主板上的小孔，看到一面放大镜遮住了整个天空，放大镜中扭曲地映出了恐龙工程师的一只巨大的眼睛。这时蚂蚁们胆战心惊，但最后恐龙并没有发现它们。恐龙工程师没有发现蚂蚁刚刚布设的几十颗雷粒，那些小小的薄片已与贴于其上的导线颜色浑然一体，根本不可能被分辨出来。在十几根不同颜色和粗细的导线上都贴上了薄片雷粒。还有几张薄片雷粒贴在了电路板上，这些雷粒具有更高级的变色功能，它能在不同的位置变出不同的颜色，与下面的电路板精确对应，天衣无缝，比贴在导线上的雷粒更难被发现。这种雷粒并不会爆炸，当到设定的时间后，它会流出几滴强酸，将电路板上的蚀刻电路熔断。

机柜的门被关上后，服务器中的世界立刻进入夜晚，只有一个电源指示灯像一个绿色的月亮挂在空中，冷却扇的嗡嗡声和硬盘嗒嗒的轻响声反而加剧了这个世界的宁静。

不久，在信息网络中心的每台服务器中，都有一支蚂蚁小部队完成了雷粒的布设。

在广阔的外部世界，在各个大陆上，有上亿只蚂蚁正在恐龙世界的无数大机器中干着同样的事。

这天夜里，冈瓦纳恐龙帝国皇帝达达斯做了一个噩梦，它梦见黑压压的一大片蚂蚁从鼻孔爬进了自己的身体，然后又从嘴里呈长长的一列爬出来，出来的每只蚂蚁嘴里都衔着一块东西，那是自己被咬碎的内脏。蚂蚁们扔下碎块后又从鼻孔钻进去，形成了一个不停循环的大圈……

达达斯皇帝的梦并非完全没有根据。此时，真的有两只蚂蚁正在钻进它的鼻孔，这两只兵蚁在白天就潜入了它的卧室，藏在枕头下等待机会。在鼻孔呼吸大风的呼啸声中，它们很有经验地在纵横交错的鼻毛丛林间悬浮着行走，以免触发恐龙的喷嚏。它们很快通过了鼻腔，沿着以前在无数次手术中早已熟悉的道路来到了眼球后面。蚂蚁们顺着半透明的视觉神经前行，向着大脑进发。有时，薄薄的隔膜挡住了通路，它们就在上面咬出洞穿过它，那洞极小，恐龙感觉不到。两只蚂蚁终于到达了大脑，大脑静静地悬浮于脑液中，像一个神秘的独立生命体。蚂蚁们仔细寻找着，很快找到了那根粗大的脑血管，它是供应大脑血液的主要通道。一只蚂蚁打开了微小的头灯，很快找到了大脑的主血管，另一只蚂蚁把一颗黄色的雷粒贴在血管透明的外壁上。然后它们从大脑撤出，在潮湿黑暗的头颅中沿着另一条曲折的道路向斜下方爬行，很快到达耳部，来到耳膜前，有一丝亮光从半透明的耳膜透进来，经过耳蜗放大的外界微小的声音在耳膜上轰轰作响。两只蚂蚁开始在耳膜下安装窃听器。

达达斯皇帝的噩梦还在继续，梦中自己的内脏已被完全掏空，有更多的蚂蚁钻了进去，要用自己的身体当蚁穴……当它一身冷汗地醒过来时，那两只蚂蚁已经完成了自己的任务，无声地从鼻孔中爬出来，爬下床，经由地板撤出了卧室。

达达斯皇帝沉重地翻了个身，再次进入了仍然被噩梦困扰的睡眠。

五、海神和明月

在蚂蚁联邦统帅部，执政官卡奇卡和联邦军队总司令若列元帅正在指挥着毁灭恐龙世界的巨大行动。有两个大屏幕分别显示着断线行动和断脑行动的进展情况。

“看起来一切顺利。”若列对卡奇卡说。

这时，联邦首席科学家乔耶走了进来。卡奇卡对它打招呼说：

“啊，乔耶博士，有一个星期没看见您了！一直在忙着分析窃听到的信息吗？看您那严肃的样子，好像真有什么惊人的秘密要告诉我们了！”

乔耶点点触须：“是的，我必须立刻和你们两位谈谈。”

“我们很忙，请您简短一些。”

“我想让二位听一段录音，是在昨天召开的冈瓦纳帝国和罗拉西亚共和国首脑会议上，我们窃听到的达达斯和多多米的对话。”

卡奇卡不耐烦地说：“这次会议有什么秘密可言？我们都知道两国在裁减核武器问题上又谈崩了，冈瓦纳和罗拉西亚之间的战争一触即发，这更证明了我们行动的正确，必须在恐龙世界的核大战爆发之前消灭它们。”

乔耶说：“您说的是新闻公告，而我要你们听的是它们秘密进行的会谈的细节，这中间，透露出一件我们以前不知道的事。”

录音开始播放。

……

多多米：“达达斯殿下，您真的认为蚂蚁会那么容易屈服吗？几乎可以肯定，它们回到恐龙世界复工只是缓兵之计，蚂蚁联邦一定在策划着针对恐龙世界的重大阴谋。”

达达斯：“多多米总统，您以为我愚蠢到连这么明显的事实都看不出来吗？但与罗拉西亚的‘明月’进入负计时的事相比，蚂蚁的威胁，甚至你们的核威胁，都变得微不足道了。”

多多米：“是的是的，比起蚂蚁威胁和核战争的危险，‘明月’和‘海神’当然是地球文明更大的危险，那我们就先谈这个问题吧：在‘明月’的事情上指责我们是不恰当的，是‘海神’首先进入了负计时！”

……

“停停停，”卡奇卡挥挥触角说，“博士，我听不明白它们在说什么。”

乔耶暂停了录音机后说：“这段对话中有两个重要信息，它们提到的‘明月’和‘海神’是什么？负计时又是什么？”

“博士，恐龙高层领导者的谈话中常常出现各种古怪的代号，您干吗要在这上面疑神疑鬼？”

“从它们的谈话中可以听出，这是两样很危险的东西，能够对整个地球世界构成威胁。”

“从逻辑上说这是不可能的。博士，能够对整个地球构成威胁的东西一定是一个很大的设施，这样的设施如果存在，蚂蚁联邦不可能不知道。”

“执政官，我同意您的看法：地球上不可能有大的设施能瞒过蚂蚁而存在，但简单的、规模较小的设施却有可能，它不需要蚂蚁的维护就能正常运行，比如一颗单独的洲际导弹，就可以在没有蚂蚁参与的情况下长期待命并随时可以发射。也许，‘明月’和‘海神’就是类似这样的东西。”

“要是这样就不必担心了，这种小设施是不可能对整个地球构成威胁的，我刚说过，即使能量最高的热核炸弹，要想毁灭地球也需要上万枚。”

乔耶有几秒钟没有说话，然后它把头凑近卡奇卡，它们触须交错，眼睛几乎撞在一起：“这就是问题的关键了，执政官，核弹真的是目前地球上能量最高的武器吗？”

“博士，这是常识啊！”

乔耶缩回头来，点点触须：“不错，是常识，这就是蚂蚁思维致命的缺陷，我们的思想只局限于常识，而恐龙则在时时盯着未知的新领域。”

“那都是些与现实无关的纯科学领域。”

“那我就提醒你们一件与现实有关的事：还记得三年前夜空中突然出现的那个新太阳吗？”

卡奇卡和若列当然记得，那件亘古未有的事给它们的印象太深了。那是一个寒冷的冬夜，南半球的正空中突然出现了一个新太阳，世界在瞬间变成白昼。那太阳的光芒十分强烈，直视它会导致暂时的失明。那个太阳大约亮了20秒钟就熄灭了，它辐射的热量使得那个严冬之夜变得像夏天般闷热，突然融化的积雪产生的洪水淹没了好几座城市。这件事当时令蚂蚁们很震惊，它们去问恐龙是怎么回事，但恐龙科学家们也没有给出任何解释，缺乏好奇心的蚂蚁很快就把这件事忘了。

“当时，蚂蚁所进行的观测所得到的唯一能确定的结果是：那个新太阳出现在太阳系内，距地球约一个天文单位。”

卡奇卡仍不以为然：“博士，您所提到的事情仍然与现实无关，就算那种能量真的存在，您也无法证明恐龙已经把它弄到地球上来了，事实上这种可能性几乎不存在。”

“我以前也是这么想的，但……请你们接着听下面的录音吧。”乔耶说着，又播放了录音。

……

达达斯：“我们这场游戏太危险了，危险得超出了可以忍受的上限，罗拉西亚应该立刻停止‘明月’的负计时，或至少将其改为正计时，如果这样，冈瓦纳也会跟着做的。”

多多米：“应该是冈瓦纳首先停止‘海神’的负计时，如果这样，罗拉西亚也会跟着做的。”

达达斯：“是罗拉西亚首先启动‘明月’的负计时的！”

多多米：“可是，殿下，在更早一些的时候，也就是三年前的十二月四日，如果冈瓦纳的飞船没有在太空中做那件事，‘明月’和‘海神’根本就不会存在！那个魔鬼早已沿着彗星轨道飞出太阳系，与地球无关了！”

达达斯：“那是为了科学研究的需要……”

多多米：“够了！到现在您还在重复这种无耻的谎言！是冈瓦纳帝国把地球文明推到了悬崖边缘，你们这些罪犯没有资格对罗拉西亚提出任何要求！”

达达斯：“看来罗拉西亚共和国是不打算首先做出让步了？”

多多米：“冈瓦纳帝国打算吗？”

达达斯：“那好吧，看来我们都不在乎地球的毁灭。”

多多米：“如果你们不在乎，我们也不在乎。”

达达斯：“呵呵呵，好的好的，恐龙本来就是对什么都不在乎的种族。”

……

乔耶停止了播放，问卡奇卡和若列：“我想，二位已经注意到了对话中提到的那个日期。”

“三年前的十二月四日？”若列回忆着，“就是那个新太阳出现的日子。”

“是的，把所有这一切联系起来，不知你们有什么感觉，但我感到毛骨悚然。”

卡奇卡说：“我们不反对您尽力搞清这件事。”

乔耶叹了口气：“谈何容易！搞清这个秘密的最好办法，是到恐龙的军事网络中查询，但蚂蚁的计算机与恐龙的在结构上完全不同，所以我们虽然能够随意进入恐龙计算机的硬件部分，却至今不能从软件上入侵，否则，怎么会用窃听这样的笨办法来搜集情报呢？而用这种方式，在短时间内揭开这个秘密是不可能的。”

“好吧，博士，我会提供您从事这个调查所需要的力量，但这件事不能影响我们正在进行的对恐龙的全面战争，现在唯一令我毛骨悚然的事就是让恐龙帝国继续存在下去。我觉得您一直生活在幻觉中，这对联邦正在从事的伟大事业是不利的。”

乔耶没再说什么，转身走了，第二天他就失踪了。

六、恐龙世界的毁灭

两只兵蚁悄悄地从冈瓦纳帝国皇宫大门的底缝中爬出，它们是负责在皇宫的计算机系统和恐龙的头颅中布设雷粒的3000只蚂蚁中最后撤出的两只。爬出门缝后，它们开始爬下那高大的台阶，就在第一级台阶笔直的悬崖上，它们看到了一个向上爬的蚂蚁的身影。

“咦，那不是乔耶博士吗?!”一只兵蚁吃惊地对另一只说。

“联邦首席科学家？不错，是他!”

“他怎么会到这里来？我怎么看他怪怪的?”一只兵蚁看着乔耶爬进门缝后说。

“事情有些不对，你的对讲机呢？快向长官报告!”

达达斯皇帝正在主持一个由帝国主要大臣参加的会议，一个秘书走进来通报：蚂蚁联邦首席科学家乔耶博士紧急求见皇帝。

“让它等一等，开完会再说。”达达斯一挥爪说。

秘书出去不长时间又回来了：“它说有极其重要的事情，坚持要立即见您，并且要求国务大臣、科学大臣和帝国军队总司令也在场。”

“浑蛋，这个小虫虫怎么这么没礼貌?！让它等着，要不就滚!”

“可它……”秘书看了看在座的大臣们，伏到皇帝耳边低声说，“它说自己已从蚂蚁联邦叛逃。”

国务大臣插话说：“乔耶是蚂蚁联邦领导层的重要成员，

它的思维方式似乎也与其他蚂蚁不太一样，它这样来，可能真有什么紧急重要的事。”

“那好，就让它到这里来吧。”达达斯指指会议桌宽大的桌面说。

“我为拯救地球而来。”乔耶站在会议桌光滑的平原上，对周围高山似的恐龙说，翻译器把它的气味语言译成恐龙语，由一个看不见的扩音器播放出来。

“哼，好大的口气，地球现在很好嘛。”达达斯冷笑了一声说。

“您很快就不这么认为了。我首先要各位回答一个问题：‘明月’和‘海神’是什么？”

恐龙们顿时警觉起来，互相交换着目光，乔耶周围的高山一时陷入沉默中，过了好一会儿，达达斯才反问：“我们凭什么要告诉你呢？”

“殿下，如果它们真是我预料的那种东西，我也会向你们透露一个关系到恐龙世界生死存亡的超级秘密，你们会认为这种交换是值得的。”

“如果它们不是你预料的那种东西呢？”达达斯阴沉地问。

“那我就不会告诉你们那个超级秘密，你们也可以杀死我或者永远不让我离开这里，以保住你们的秘密。不管怎样，大家都没有什么损失。”

达达斯沉默了几秒钟，对坐在会议桌左边的帝国科学大臣点点头：“告诉它。”

在蚂蚁联邦统帅部，若列元帅放下电话，神色严峻地对卡奇卡执政官说：“已经发现了乔耶的行踪，看来我们的预测是对的，这家伙叛逃了。”

“雷粒的布设行动进行得怎么样了？”

“断线行动已完成了百分之九十二，断脑行动也完成了百分之九十。”

卡奇卡转向显示着世界地图的大屏幕，看着闪烁着五光十色的各个大陆，沉默了几秒钟后说：“让地球的历史翻开新的一页吧，10 分钟后引爆！”

听完了几位恐龙大臣的叙述，震惊使乔耶头昏目眩，一时站立不稳，更说不出话来。

“怎么样，博士？您是否可以按照刚才的承诺，告诉我们您的那个秘密？”达达斯问。

乔耶如梦初醒：“这太……太可怕了！！你们简直是魔鬼！不过，蚂蚁也是魔鬼……快，立刻给蚂蚁联邦最高执政官去电话！”

“您还没有回答……”

“殿下，没有时间公布什么秘密了！它们已经知道我到这里来，随时都会提前行动，恐龙世界的毁灭已是千钧一发，整个地球的毁灭将紧跟其后！相信我吧，快打电话！快!!”

“好吧。”恐龙皇帝拿起会议桌上的电话，乔耶心急如焚地看着它的粗指头一个一个地按动着电话机上那硕大的按键，随后从达达斯爪中的话筒中隐约听到了接通的信号声，几秒钟后信号声停止，它知道卡奇卡已在另一端拿起了那小如米粒的电话，话筒中很快传来了它的声音：

“喂，谁呀?”

达达斯对着话筒说：“是卡奇卡执政官吗？我是达达斯，现在……”

正在这时，乔耶听到周围响起了一阵细微的咔嗒声，像是许多钟表的秒针同时走动了一下。它知道，这是从恐龙们的头颅中传出的雷粒的爆炸声，所有的恐龙同时僵住了，这一刻的现实像被定格，达达斯爪中的话筒重重地摔在距乔耶不远处的桌面上，发出一声惊天动地的巨响。然后，所有的恐龙都轰然倒下，桌面平原晃动了几下，那些恐龙高山消失后，地平线处显得空旷了。乔耶爬上电话的耳机，里面仍在传出卡奇卡的声音：

“喂，我是卡奇卡，您有什么事吗？喂……”

耳机的音膜在这声音中振动着，使站在上面的乔耶浑身发麻，它大喊：“执政官！我是乔耶！！”与刚才不同，它发出的气味语言没有被转化成声音，因而也无法被线路另一端的卡奇卡听到，皇宫的翻译系统已经被雷粒破坏了。乔耶没有再说话，它知道说什么都晚了。

接着，大厅内所有的灯都灭了，这时已是傍晚，这里的一切陷入昏暗之中。乔耶向着最近的一个窗子爬去，远处城市交通的喧哗声消失了，一切都陷入一片死寂之中，很像刚才恐龙倒下前的僵滞状态。当乔耶越过会议桌的边缘向下爬时，外面开始有种种不和谐的声音传进来，先是远远的恐龙的跑动声和惊叫声，乔耶知道这声音来自皇宫外面，因为皇宫内肯定已经没有活着的恐龙了，它们都死于自己头颅中的雷粒；然后，远处的城市有警报声，断断续续地持续了不长时间就消失了；当乔耶在地板上向着窗子爬过一半路程时，远处开始传来隐约的爆炸声。它终于爬上了窗子，向外看去，巨石城尽收眼底，傍晚的城市笼罩在一片黑暗中，可以看到几根细长的烟柱升上还没完全黑下来的天空，后来更多的烟柱出现了，在某些烟柱的根部出现了火光，城市的轮廓在火光中时隐时现。起火点越来越多，火光透过窗子，在乔耶身后高高的天花板上映出跳动的暗红色光影。

七、终极威慑

“我们成功了!!”若列元帅看着大屏幕上红光闪烁的世界地图兴奋地喊道，“恐龙世界已彻底瘫痪，它们的信息系统已经完全中断，所有的城市都已断电，被雷粒所破坏的车辆已堵死了所有的道路，火灾正在到处出现和蔓延。断脑行动已经消灭了400多万头恐龙世界的重要领导成员，冈瓦纳帝国与罗拉西亚共和国的首脑机构已不存在，这两个恐龙大国已陷入没有大脑的休克状态，整个社会一片混乱。”

“这还只是开始，”卡奇卡说，“所有的恐龙城市已经断水，存粮也将很快被这些食量很大的居民吃光，那时候真正致命的时刻才到来，大批恐龙将弃城而出，在没有交通工具和道路堵塞的情况下，它们不可能在短时间内真正疏散开来，它们的食量太大了，至少有一半的恐龙将在找到足够的食物之前饿死。其实，在恐龙弃城之际，它们的技术社会就已经彻底崩溃，恐龙世界已退回到低技术的农业时代了。”

“两个大国的核武器系统怎么样了?”有蚂蚁问。

若列回答：“正如我们预料的那样，恐龙的所有核武器，包括洲际导弹和战略轰炸机，都在我们大量雷粒的破坏下成了一堆废铁，没有发生任何意外的核事故或核污染。”

“好极了，这真是一个伟大的时刻，我们只需等待恐龙世界自行灭亡就可以了！”卡奇卡兴高采烈地说。

正在这时，有蚂蚁报告，说乔耶博士回来了，急着要见卡奇卡和若列。当疲惫不堪的首席科学家走进指挥中心时，卡奇卡愤怒地斥责道：

“博士，你在最关键的时刻背叛了蚂蚁联邦的伟大事业，你将受到严厉的审判！”

“当你们听完我已得知的一切时，就明白到底谁该受到审判了。”乔耶冷冷地说。

“你到冈瓦纳皇帝那里去干什么了？”若列问。

“我从它那里知道了‘明月’和‘海神’到底是什么。”

博士的这句话使蚂蚁们亢奋的情绪顿时冷静了下来，它们专注地把目光集中在乔耶身上。

乔耶看看四周问：“首先，这里有没有谁知道反物质是什么？”

蚂蚁们沉默了一会儿，卡奇卡说：“我知道一些：反物质是恐龙物理学家们猜想中的一种物质，它的原子中的粒子电荷与我们世界中的物质相反。反物质一旦与我们世界的正物质相接触，双方的质量就全部转化为能量。”

乔耶点点触须说："现在大家知道有比核武器更厉害的东西了，在同样的质量下，正反物质湮灭产生的能量要比核弹大几千倍！"

"但这和那神秘的'明月''海神'有什么关系？"

"请听我接着说：还记得三年前那个南半球的夜间突然出现的新太阳吗？这次闪光是从一个沿彗星轨道进入太阳系的小天体上发出的，那个天体直径还不到30公里，只是飘浮在太空中的一个小石块。但它是由反物质构成的！在它经过小行星带时，与一块陨石相撞，陨石与反物质发生湮灭爆发出巨大的能量，产生了那次闪光。当时，罗拉西亚和冈瓦纳都发射了探测器，也都得到了同样的结果。这次湮灭产生了许多大大小小的反物质碎片，这些碎片都飞散到太空之中。恐龙天文学家很快定位了几块碎片，这并不是很困难，因为在小行星带以内，太阳风中的正粒子会与反物质产生湮灭，使那些碎片表面发出一种特殊的光。那时正值罗拉西亚和冈瓦纳军备竞赛的高峰期，于是，两个恐龙大国同时产生了一个极其疯狂的想法：采集一些反物质碎片带回地球，作为一种威力远在核弹之上的超级武器威慑对方……"

"等等等等，"卡奇卡打断了乔耶的话，"这里有一个明显的逻辑错误：既然反物质与正物质接触后会发生湮灭，那它们用什么容器来存储它并把它带回地球呢？”

乔耶接着说：“恐龙天文学家发现，那个反物质天体的相当大一部分是反物质铁，它们在太空中定位的碎片也都是反物质铁。反物质铁与我们世界的铁一样，能受到磁场的作用，这就为解决存储问题提供了可能，这使得恐龙有可能制造一种容器，容器的内部为真空，并产生一个强大的约束磁场，把要存储的反物质牢牢约束在容器的正中，避免它与容器的内壁相接触，这样就可以对反物质进行存储，并能够将它运送或投放到任何地方。当然，这种想法最初只是一种理论上的可能，要想用这种容器将反物质带回地球，则是一个极其疯狂和危险的举动，但疯狂是恐龙的本性，称霸世界的欲望战胜了一切，它们真的那么做了！

“是冈瓦纳帝国首先走出了这通向地狱的第一步。它们设计并制造了磁约束容器，它是一个空心球，在采集反物质碎片时，这个空心球分成两个半球，分别固定在飞船的两只机械臂上，飞船缓慢地接近反物质碎片，机械臂举着两个半球极其小心地向碎片合拢，最后将碎片扣在空心球中，在两个半球合拢的同时，球内由超导体产生的约束磁场开始工作，将碎片约束在球体正中，然后，飞船就将这个球体带回了地球。

“冈瓦纳飞船载着球体容器进入地球大气层，那块碎片重达45吨，如果在大气层内湮灭，将使90吨的正反物质在大气层内转化为纯能，这巨大的能量将毁灭地球上的一切生命。罗拉西亚恐龙当然不想与冈瓦纳帝国玉石俱焚，同归于尽，所以它们眼巴巴地看着那艘飞船降落在海面上。

“接下来发生的事情使疯狂达到了巅峰：冈瓦纳飞船降落后，在海上将那个球体容器转载到一艘大货轮上，这艘船叫海神号，以后恐龙也就将它所运载的反物质碎片称为‘海神’了。这艘大船不是驶回冈瓦纳，而是驶向罗拉西亚大陆，最后停泊在罗拉西亚最大的港口上！在整个航程中，罗拉西亚不敢对这艘毁灭之船进行任何拦截，只能听之任之，那艘船进入港口如入无人之境。海神号停泊后，船上的恐龙乘直升机返回冈瓦纳，把船遗弃在港口。罗拉西亚恐龙对海神号敬若神明，不敢对它有任何轻举妄动，因为它们知道，冈瓦纳帝国可以遥控球体容器，随时关闭容器内的约束磁场，使那块反物质与容器接触而发生湮灭。如果这事发生，整个世界的毁灭在所难免，但最先毁灭的是罗拉西亚大陆，大陆上的一切将在海岸出现的一轮死亡太阳的烈焰中瞬间化为灰烬。那真是罗拉西亚共和国最黑暗的日子，而冈瓦纳帝国手握地球的生命之弦，变得无比猖狂，不断地向罗拉西亚提出领土要求，并命令其解除核武装。

“但这种一边倒的局面并没有持续多久，冈瓦纳的海神行动仅一个月后，罗拉西亚采取了同样的行动，用同样的技术从太空中将第二块反物质碎片带回地球，并做了与冈瓦纳帝国同样的事：将其装载到一艘叫明月号的货轮上，运到了冈瓦纳大陆最大的港口。

“于是，恐龙世界再次形成了平衡，这是终极威慑下的平衡，地球已被推到了毁灭的边缘。

“为了避免世界性的恐慌，海神行动和明月行动都是在绝密状态下进行的，即使在恐龙世界，也只有极少数的人知道它的底细。这两个行动都使用了不惜成本的高可靠性设备，同时使用了可替换的模块结构，同时系统的规模不大，所以完全不需要蚂蚁的维护，蚂蚁联邦也就至今对此一无所知。”

乔耶的叙述使统帅部所有的蚂蚁都极为震惊，它们从胜利的巅峰一下子跌入了恐惧的深渊，卡奇卡说：“这不只是疯狂，是变态！这样以整个世界共同毁灭为基础的终极威慑，已完全失去了任何政治意义和军事意义，这是彻底的变态！”

“博士，这就是您所推崇的恐龙的好奇心、想象力和创造力产生的结果。”若列元帅讥讽地说。

“别扯远了，还是回到世界面临的极度危险中来吧。”乔耶说，“我要谈到两个恐龙大国元首曾提到的‘负计时’了。

为了避免在对方这种先发制人的打击下无还手之力，两个恐龙大国几乎同时对‘海神’和‘明月’采取了一种新的待命方式，这就是所谓的‘负计时’。这以后，本土遥控站不再用于对反物质容器发出引爆信号，相反，它发出的是解除引爆的信号；而球形容器则每时每刻都处于引爆倒计时状态，只有在收到本土遥控站的解除信号后，它才中断本次倒计时，重新复位，从零开始新的一轮倒计时，并等待着下一次的解除信号。每次的解除信号由冈瓦纳皇帝和罗拉西亚总统亲自发出。这样，当某一方遭受对方先发制人的打击而陷入瘫痪后，解除信号就无法发出，球形容器就会完成倒计时引爆反物质。这种待命方式使先发制人的打击等于自杀，使得敌人的存在成为自己存在的必要条件，同时，也使地球面临的危险上升了一个等级，‘负计时’是这场终极威慑中最为疯狂，或用执政官的话说，最为变态的部分。”

统帅部再次陷入死寂之中。卡奇卡首先打破沉寂，它的气味语声有些颤抖：

“这就是说，‘海神’和‘明月’现在都在等待着下一个解除信号？”

乔耶点点触须：“也许是两个永远不会发出的信号。”

“您是说，冈瓦纳和罗拉西亚的遥控站已经被我们的雷粒破坏了?!”若列问。

“是的。达达斯告诉了我冈瓦纳遥控站的位置，也告之我它们侦察到的罗拉西亚遥控站的位置，我回来后在断线行动的数据库中查询，发现这是两个很小的信号发射站，由于其用途不明，我们只在其中的通信设备里布设了很少的雷粒，冈瓦纳遥控站中布设了35颗，罗拉西亚遥控站中布设了26颗，总共切断61根导线。虽数量不多，但足以使这两个遥控站的信号发射设备完全失效。”

“每次倒计时有多长时间?”

“三天时间，66小时，罗拉西亚和冈瓦纳的倒计时几乎是同时开始的，一般解除信号是在倒计时开始后的22小时发出的，这次倒计时已过去20小时，我们还有两天的时间。”

若列说：“如果我们知道解除信号的具体内容，就能够自己建立一个发射台，不停地中断‘海神’和‘明月’的倒计时了。”

“问题是我们不知道，也不可能知道！恐龙没有告诉我信号的内容，只是说那个信号是一个十分复杂的长密码，每次都在变化，其算法只存储在遥控站的计算机中，我想现在已没有恐龙知道了。”

“这就是说，只有这两个遥控站能够发出解除信号了。”

“我想是这样的。”

卡奇卡迅速思考了一下说：“我们能够做的，就是尽快修复它们了。”

八、遥控站战役

冈瓦纳帝国发射解除信号的遥控站位于巨石城远郊的一片荒漠之中。这是一幢顶端有复杂天线的不大的建筑，看上去像个气象站似的毫不起眼。遥控站的守卫很松懈，只有一个排的恐龙在把守，而这些守卫者主要是为了防止偶尔路过的本国恐龙无意中的闯入，而非担心敌国的间谍和破坏分子。因为，比起冈瓦纳来，罗拉西亚更愿意保证这个地方的安全。

除去守卫者外，负责遥控站日常工作的只有5头恐龙，包括一名工程师、三名操作员和一名维修技师。它们同守卫者一样，对这个站的用途全然不知。

遥控站的控制室里有一个大屏幕，上面显示着一个倒计时，从66小时开始递减。但这个倒计时从未减到44小时以下，每到这个时间（通常是早晨），另一个空着的屏幕上就出现了帝国皇帝达达斯的影像，皇帝每次只说一句简短的话：

“我命令，发信号。”

这时，值班操作员就会立正回答：“是！殿下！”然后移动操作台上的鼠标，点击一下电脑屏幕上的“发射”图标，大屏幕上就会显示出如下信息：

解除信号已发出——收到本次解除成功的回复信号——倒计时重置

然后，屏幕上重新显示出“66:00”的数字，并开始递减。

在另一个屏幕上，皇帝很专注地看着这一切的进行，直到重置的倒计时开始，它才像松了一口气似的离开了。从皇帝关注信号发出的眼神可以看出，这个信号极其重要，但这些普通恐龙操作员无论如何也不可能想到，这个信号每天都推迟了一次地球的死刑。

这一天，两年如一日的平静生活中断了，信号发射机出了故障。遥控站配备的是高可靠性设备，且有冗余备份，像这样包括备份系统在内的整个设备都因故障停机，肯定不是自然或偶然因素所致。工程师和技师立刻查找故障，很快发现有几根导线断了，而那些导线只有蚂蚁才能接上。于是它们立刻向上级打电话，请求派蚂蚁维修工来，这时才发现电话已不通了。它们继续查找故障，发现了更多的断线，而这时，距皇帝命令发信号的时间已经很近了，恐龙们只好自己动手接线，但那些线那么细它们的粗爪很难接上，5 头恐龙心急如焚。虽然电话不通，但它们相信通信很快就会恢复，在倒计时减到 44 小时时，皇帝一定会出现在那个屏幕上。两年来，在恐龙们的意识中，皇帝的出现如同太阳升起一般成了铁打不动的规律。但今天，太阳虽升起了，皇帝却没有出现，倒计时的时钟数码第一次减到了 44 以下，还在以同样恒定的速度继续减少着。

后来恐龙们知道，不可能再指望蚂蚁了，因为发射机就是它们破坏的。从巨石城逃出来的恐龙经过这里，从那些惊魂未定的恐龙那里，遥控站的恐龙们知道了首都的情况，知道了蚂蚁已经用雷粒破坏了恐龙帝国所有的机器，恐龙世界已经陷入瘫痪。

但在遥控站工作的都是尽心尽责的恐龙，它们继续试图接上已断的导线。但这是一项不可能完成的任务，机器中大部分断线所在的地方，恐龙粗大的爪子根本伸不进去，那几根露在外面的断了的线头在它们那粗笨的手指间跳来跳去，就是凑不到一起。

“唉，这些该死的蚂蚁！”恐龙技师揉揉发酸的双眼，骂了一声。

这时，工程师瞪大了双眼，它真的看到了蚂蚁！那是由百只左右的蚂蚁组成的小队伍，正在操作台白色的台面上急速行进，领队的蚂蚁对着恐龙高喊：

“喂，我们是来帮你们修机器的！我们是来帮你们接线的！！我们是来……”

恐龙这时没有打开气味语言翻译器，因而也听不到蚂蚁的话，其实就是听到了它们也不会相信，对蚂蚁的仇恨此时占据了它们的整个心灵。恐龙们用它们的爪子在控制台上蚂蚁所在的位置拍着拈着，嘴里咬牙切齿地嘟囔着：“让你们放雷粒！让你们破坏机器……”白色的台面上很快出现了一片小小的污迹，这些蚂蚁都被拈碎了。

“报告执政官，遥控站内的恐龙攻击蚂蚁维修队，把它们消灭在控制台上了！”在距遥控站50米远的一棵小草下，从遥控站中侥幸逃回来的一只蚂蚁对卡奇卡说。蚂蚁联邦统帅部的大部分成员都在这里。

“执政官，我们必须设法与遥控站的恐龙交流，说明我们的来意！”乔耶说。

“怎么交流？它们不听我们说话，根本就不打开翻译器！”

“能不能打电话试试？”有蚂蚁建议。

“早试过了，恐龙的整个通信系统已被破坏，与蚂蚁联邦的电话网完全断开，电话根本打不通！”

若列说："大家应该知道蚂蚁的一项古老的技艺，在蒸汽机时代之前的漫长岁月，先祖用队列排出字来与恐龙交流。"

"目前在这里已集结了多少部队？"

"十个陆军师，大约15万只蚂蚁。"

"这能排出多少个字来呢？"

"这要看字的大小了，为了让恐龙在一定的距离上也能看清，也就是十几个字吧。"

"好吧，"卡奇卡想了一下，"就排出以下的字句：我们来帮你们修机器，这台机器能拯救世界。"

"蚂蚁又来了！这次好多！"

在遥控站的门前，恐龙士兵们看到有一个蚂蚁方阵正在向这里逼近，方阵三四米见方，随着地面的凸凹起伏，像一面在地上飘动的黑色旗帜。

"它们要进攻我们吗？"

"不像，这队形好奇怪。"

蚂蚁方阵渐渐近了，一头眼尖的恐龙惊叫起来："哇，那里面有字！！"

另一头恐龙一字一顿地念着："我、们、来、帮、你、们、修、机、器，这、台、机、器、能、拯、救、世、界。"

"听说在古代蚂蚁就是这样与我们的先祖交谈的，现在亲眼看见了！”有头恐龙赞叹说。

“瞎扯！”少尉一摆触须说，“不要中它们的诡计，去，把热水器中所有的热水都倒到盆里端来。”

恐龙士兵七嘴八舌地议论起来：“它们的话太奇怪了，这台机器怎么能拯救世界？”“谁的世界？我们的还是它们的？”“这台机器发出的信号想必是很重要的。”“是啊，要不为什么每天都由皇帝亲自下命令发出呢？”

“白痴！”中尉训斥道，“到现在你们还相信蚂蚁？就因为我们对它们的轻信，它们已经摧毁了帝国！这是地球上最卑鄙、最阴险的虫虫，我们决不再上它们的当了！快，去倒热水！”

很快，恐龙士兵们搬出了5大盆热水，五个士兵每人端一盆，一字排开向蚂蚁方阵走去，同时把热水泼向方阵。滚烫的水花在弥漫的蒸汽中飞溅，地上的那行黑色字迹被冲散了，字阵的蚂蚁被烫死大半。

“与恐龙交流已不可能，现在唯一的选择，就是强攻遥控站，将其占领后修好机器，我们自己发出解除信号。”卡奇卡看着远处腾起的蒸汽说。

“蚂蚁强攻恐龙的建筑?!”若列像不认识似的看着卡奇卡，“这在军事上简直是发疯！”

“没办法，这本来就是一个疯狂的世界。这个建筑规模不大，且处于孤立状态，短时间内得不到增援，我们集结可能集结的最大力量，是有可能攻下它的！”

“看远处那是些什么？好像是蚂蚁的超级行走车！”

听到哨兵的喊声，少尉举起望远镜，看到远方的荒原上果然有一长排黑色的东西在移动，再细看，那确实是哨兵所说的东西。蚂蚁的交通工具一般都很小，但出于军事方面的特殊需要，它们也造出了一些与它们的身体相比极其巨大的车辆，就是超级行走车。每辆这样的车约有我们的三轮车大小，这在蚂蚁的眼中无疑是庞然大物，与我们眼中的万吨巨轮一样。超级行走车没有轮子，而是仿照蚂蚁用 6 条机械腿行走，所以能够快速穿越复杂的地形。每辆超级行走车可以搭载几十万只蚂蚁。

“开枪，打那些车！”少尉命令。恐龙士兵用它们仅有的一挺轻机枪向远处的行走车射击，一排子弹在沙地上激起道道尘柱，走在最前面的那辆车的一条前腿被打断了，一下子翻倒在地，剩下的五条机械腿仍在不停地挥动着。从打开侧盖的车厢里滚出许多黑色的圆球，每一个有我们的足球那么大，那是一团团的蚂蚁！这些黑球滚到地面后很快散开来，就像在水中溶化的咖啡块一样。又有两辆行走车被击中停了下来，穿透车箱的子弹并不能杀死多少蚂蚁，黑色的蚁团纷纷从车厢中滚落到地面。

“唉，要是有门炮就好了！”一名恐龙士兵说。

“是啊，有手榴弹也行啊。”

“火焰喷射器最管用！”

“好了，不要废话了，你们数数有多少辆行走车！”少尉放下望远镜，指着前方说。

“天啊，足有二三百辆啊！”

“我看蚂蚁联邦在冈瓦纳大陆的超级行走车都开到这里了。”

“也就是说，这里集结了上亿只蚂蚁！”少尉说，“可以肯定，蚂蚁要强攻遥控站了！”

“少尉，我们冲过去，捣毁那些虫虫车！”

“不行，我们的机枪和步枪对它们没有多少杀伤力。”

“我们还有发电用的汽油，冲过去烧它们！”

少尉冷静地摇摇头：“那也只能烧掉一部分。我们的首要任务是保卫遥控站，下面，听我的安排……”

“执政官，元帅，前方空军观察机报告，恐龙们正在挖壕沟，以遥控站为圆心挖了两圈壕沟。它们正在引来附近一条小河的水灌满外圈壕沟，还搬出了几个大油桶，向内圈的壕沟中倒汽油！”

“立刻发起进攻！”

蚁群开始向遥控站移动，黑压压一片，仿佛是空中的云层在大地上投下的阴影。这景象让遥控站中的恐龙们胆战心惊。

蚁群的前锋到达已经注满水的第一道壕沟边，最前边的蚂蚁没有停留，直接爬进了水中，后面的蚂蚁踏着它们的身体爬进稍靠前些的水中，很快，水面上形成了一层厚厚的黑色浮膜，这浮膜在迅速向水壕的内侧扩展。恐龙士兵们都戴上了密封头盔以防蚂蚁钻进体内，它们在水壕的内侧用铁锹向蚁群撒土，还大盆大盆地泼热水，但这些作用都不大，那层黑色浮膜很快覆盖了整个水面，蚁群踏着浮膜如黑色的洪水般涌了过来，恐龙们只得撤到第二道壕沟之内，并点燃了壕沟中的汽油。一圈熊熊烈火将遥控站围了起来。

蚁群到达火沟后，在沟边堆叠起来，形成了一道蚁坝。蚁坝不断增高，最后高达两米多，在火沟外面形成一堵黑色的墙。接着，蚁坝整体开始向火沟移动，它的表面在火光中蠕动着，仿佛一条黑色的巨蟒。在烈火的烘烤中，蚁坝的表面冒出了青烟，空气中充满了刺鼻的焦味，蚁坝表面被烤焦的蚂蚁不停地滚落下去，掉进火沟烧着了，在火沟的外缘形成了一圈奇异的绿火，蚁坝的表面则不断地被一层新蚂蚁代替，整个蚁坝仍坚定地站立在火沟边上。这时，大批蚂蚁从蚁坝的另一侧登上顶端，聚成了一个个黑色的大蚁球，其大小与一小时前从超级行走车上滚下的那些相当，每个蚁球包含了一个师的蚂蚁兵力。这些黑色的球体从蚁坝的顶端滚下去，有一些被大火吞没了，但大部分借着冲力滚过了火沟，到达沟的另一侧。在穿越烈火的过程中，这些蚁球的外层都被烧焦了，但那无数只蚂蚁仍互相紧抓着不放，在蚁球外面形成了一层焦壳，保护了内层的蚂蚁。滚上火沟对岸的蚁球很快达到了上千个，它们外部的焦壳很快裂开，球体散成蚁群，黑压压地涌上遥控站的台阶。

守卫遥控站的恐龙士兵们的精神完全崩溃了，它们不顾少尉的阻拦，夺门而出，绕到建筑物后面，沿着正在包围遥控站的蚁群尚未填充的一条通道狂奔而去。

蚁群涌入了遥控站的底层，然后涌上楼梯，进入控制室。同时，蚁群也爬上了建筑的外墙，由窗户进入，一时间这幢建筑的下半截变成了黑色的。

控制室中还有 6 头恐龙，它们是少尉、工程师、维修技师和 3 名操作员。它们惊恐地看着蚂蚁从门、窗和所有的缝隙进入这个房间，仿佛整幢建筑被浸在蚂蚁之海中，黑色的海水正在从各处渗进来。它们看看窗外，发现这蚂蚁之海真的存在，目力所及之处，大地都被黑色的蚁群所覆盖，遥控站只是这蚂蚁海洋中的一个孤岛。

蚁群很快淹没了控制室的大部分地板，在控制台前留下了一个空圈，6头恐龙就站在空圈中。工程师赶紧取出翻译器，打开开关时立刻听到了一个声音：

“我是蚂蚁联邦的最高执政官，已没有时间向您详细说明一切，您只需要知道，如果遥控站不能在10分钟之内发出信号，地球将被毁灭。”

工程师向四周看看，黑压压的全是蚂蚁，按照翻译器上的方向指示，它看到控制台上有3只蚂蚁，刚才的话就是其中的一只说出的。它对那3只蚂蚁摇摇头：

“发射机坏了。”

“我们的技工已经接好了所有的断线，修好了机器，请立即启动机器发信号！”

工程师再次摇头：“没电了。”

“你们不是有备用发电机吗？”

“是的，自从外部电力中断后，我们一直用汽油发电机供电，但现在没有油了，汽油都倒进外面的壕沟中点燃烧光了……世界真的会在10分钟后毁灭吗？”

翻译器中传出了卡奇卡的回答：“如果发不出信号，是的！”

卡奇卡看看窗外，发现外面的火已经灭了，这证实了少尉的话，壕沟中也没有剩油了。他转身问若列：

“倒计时还剩多长时间？”

若列一直在看着表，他回答：“还剩五分钟三十秒，执政官。”

乔耶说：“刚刚接到电话，罗拉西亚那边已经失败了，守卫遥控站的恐龙在蚂蚁军队的进攻中炸毁了遥控站，对‘明月’的解除信号已不可能发出，5分钟后它将引爆。”

若列平静地说：“‘海神’也一样，执政官，一切都完了。”

恐龙们并没有听明白这3位蚂蚁联邦的最高领导者在说什么，工程师说：“我们可以到附近去找汽油，距这里5公里有一个村庄，快的话，20分钟就能回来。”

卡奇卡无力地挥了挥触须：“去吧，你们都去吧，想去哪就去哪儿。”

6头恐龙鱼贯而出，工程师在门口停下脚步，问了刚才少尉问的同一个问题：“几分钟后地球真的会毁灭吗？”

蚂蚁联邦的最高执政官对它做出了一个类似微笑的表情：“工程师，什么东西都有毁灭的一天。”

“呵，我第一次听蚂蚁说出这么有哲学意味的话。”工程师说，转身走了。

卡奇卡再次走到控制台的边缘，对地板上黑压压一片的蚂蚁军队说：“迅速向全军将士传我的话：遥控站附近的部队立刻到这幢建筑的地下室隐蔽，远处的部队就地寻找缝隙和孔洞藏身，蚂蚁联邦政府最后告诉全体公民的话是：世界末日到了，大家各自保重吧。”

“执政官，元帅，我们一起去地下室吧！”乔耶说。

“不，您快去吧，博士。我们已犯了文明史上最大的错误，没有资格再活下去了。”

“是的，博士，”若列说，“虽然不太可能，还是希望您能把文明的火种保存下去。”

乔耶同卡奇卡和若列分别碰了碰触须，这是蚂蚁世界的最高礼仪，然后它转身混入了控制室中正在快速离去的蚁群。

蚂蚁军队离开后，控制室内一片宁静，卡奇卡向窗子爬去，若列跟着它。两只蚂蚁爬到窗前时，正好看到了一幅奇景：此时是夜色将尽的凌晨，天空中有一轮残月。突然，月牙的方向在瞬间转动了一个角度，同时亮度急剧增强，直到那银光变得电弧般刺目，把大地上的一切，包括正在疏散的蚁群，都照得毫发毕现。

“怎么回事？太阳的亮度增强了吗？”若列好奇地问。

“不，元帅，是又出现了一个新太阳，月球在反射着它的光芒，那个太阳在罗拉西亚出现了，正在把那个大陆烧焦。”

“冈瓦纳的太阳也该出现了。”

“这不是吗，来了。”

更强在光芒从西方射来，很快淹没了一切。在被高温汽化之前，两只蚂蚁看到有一轮雪亮的太阳从西方的地平线上迅速升起，那太阳的体积急剧膨胀，最后占据了半个天空，大地上的一切在瞬间燃烧起来。反物质湮灭的海岸距这里有上千公里，冲击波要几十分钟后才能到达，但在这之前，一切都早已在烈火中结束了。

这是白垩纪的最后一天。

九、漫漫长夜

寒冬已持续了3000年。

在一个稍微暖和一些的正午，冈瓦纳大陆中部，两只蚂蚁从深深的蚁穴中爬到地面。在没有生气的灰蒙蒙的天空中，太阳只是一团模糊的光晕，大地覆盖在厚厚的冰雪下，偶尔有一块岩石从雪中露出，黑乎乎的，格外醒目，极目望去，远方的山脉也是白色的。

蚂蚁 A 转过身来，打量着一个巨大的骨架，这种大骨架在大地上到处都有，由于也是白色的，同雪混在一起，从远处不易看到。但从这个角度看，在天空的背景上显得格外醒目。

“听说这种动物叫恐龙。”蚂蚁 A 说。

蚂蚁 B 转过身来，也凝视着天空中的骨架：“昨天夜里你听它们讲那个关于神奇时代的传说了吗？”

“听了，它们说在几千年前，蚂蚁有过辉煌的时代。”

“是啊，它们说，那时的蚂蚁不是住在地下的洞穴中，而是生活在地面的大城市里，它们也不是由蚁后来生育，那真是一个神奇的时代。”

“那个传说里面说，那个神奇时代是蚂蚁和恐龙一起创造的，恐龙没有灵巧的手，蚂蚁就为它们干细活儿；蚂蚁没有灵活的思想，恐龙就想出了神奇的技术。”

“那个神奇的时代啊，蚂蚁和恐龙造出了许多大机器，建造了许多大城市，拥有了神一般的力量！”

“你听懂了传说中关于那个世界毁灭的部分了吗？”

“听不太懂，好像很复杂的：恐龙世界里爆发了战争，蚂蚁和恐龙之间也爆发了战争……再到后来，地球上出现了两个太阳。”

蚂蚁 A 在寒风中打着抖：“唉，现在要是有个新太阳有多好啊！”

“你不懂的！那两个太阳很可怕，把陆地上的一切都烧毁了！”

“那现在为什么这么冷呢？”

“这很复杂，好像是这么回事：那两个新太阳出现以后的一段时间内，世界上确实很热，据说太阳附近的大地都熔成岩浆了！但后来，新太阳爆炸时激起的尘埃在空中遮住了旧太阳的阳光，世界就变冷了，变得比那两个太阳出现前还冷得多，就是现在这个样子。恐龙那么大个儿，在那可怕的时代自然都死光了，但有一部分蚂蚁钻到地下，活了下来。”

“听说就在不久前蚂蚁还识字的，现在，我们都不认识字了，那些古代留下来的书谁也读不懂了。”

“我们在退化，照这样下去，蚂蚁很快就会退化成什么都不知道、只会筑穴觅食的小虫子了。”

“那有什么不好？在这艰难时代，懂得少些就舒服些。”

“那倒也是。”

……

“会不会有那么一天，世界又温暖起来，别的什么动物又建立起一个神奇时代？”

“有可能，我觉得那种动物应该既有足够大的大脑，又有灵巧的双手。”

“是的，但不能像恐龙这么大，它们吃得太多，生活会很难。”

“也不能像我们这么小，脑子不够大。”

“唉，这种神奇的动物怎么会出现呢？”

“我想会的，时间是无穷无尽的，什么都会出现，我告诉你吧，什么都会出现的。”

图书在版编目（CIP）数据

信使 / 刘慈欣著.—北京：中国工人出版社，2016.10
（刘慈欣作品）
ISBN 978-7-5008-6558-2

Ⅰ.①信… Ⅱ.①刘… Ⅲ.①科学幻想小说—小说集—中国—当代
Ⅳ.①I247.7

中国版本图书馆CIP数据核字（2016）第244325号

信　使

出 版 人	芮宗金
责任编辑	宋　杨
责任校对	董春娜
责任印制	黄　丽
出版发行	中国工人出版社
地　　址	北京市东城区鼓楼外大街45号　邮编：100120
网　　址	http://www.wp-china.com
电　　话	（010）62005043（总编室） （010）62005039（出版物流部） （010）62379038（社科文艺分社）
发行热线	（010）62005049　（010）62005042（传真）
经　　销	各地书店
印　　刷	北京市密东印刷有限公司
开　　本	880毫米×1230毫米　1/32
印　　张	8.875
字　　数	140千字
版　　次	2017年4月第1版　2019年3月第7次印刷
定　　价	29.00元